岩 波 文 庫

32-792-9

語 る ボ ル ヘ ス

——書物・不死性・時間ほか——

J. L. ボルヘス著
木 村 榮 一 訳

JN159225

BORGES, ORAL
by Jorge Luis Borges
Copyright © 1995 by María Kodama
All rights reserved.
First published 1979 by Emecé Edtiores/Editorial de
Belgrano, Buenos Aires.

This Japanese edition published 2017
by Iwanami Shoten, Publishers, Tokyo
by arrangement with María Kodama
c/o The Wylie Agency (UK), Ltd, London.

目次

語るボルヘス

序言

ベルグラーノ大学から五回にわたって講演するように依頼された時、私は時間が経つにつれて自分自身の一部になったテーマを取り上げてみようと考えました。第一回で取り上げる《書物》は、自分にとって手や目と同じように身体の一部になっていて、それなしには自分の人生を思い浮かべることもできないほど大切なものです。第二回では《不死性》を取り上げますが、この脅迫というか希望は多くの世代の人たちが夢み、詩の中で歌い続けたものです。第三回はスヴェーデンボリ（エマヌエル、一六八八～一七七二。スウェーデンの哲学者、神秘思想家）を選びましたが、この幻視者は、死者は自らの意思で地獄か天国を自由に選び取ることができると言っています。第四回はエドガー・アラン・ポーがわれわれに残してくれた、精密な玩具ともいえる《探偵小説》を取り上げ、最終回は私にとって今も本質的な形而上学の問題である《時間》を取り上げてみました。

今回の講演が身に余る望外の成功をおさめたのも、ひとえに聴講者の方々の寛大な理解があったからであり、ここで謝意を述べておきたいと思います。

読書がそうであるように、講義もやはり共同作業であり、そこでは受講する者と講義を行う者は対等の重みをもっています。

この本には、講演の中で触れた私の個人的なことも削除されずに残っています。受講された方々がそれを実り豊かなものにされたように、読者もまたいろいろと学び取っていただければと思っています。

ブエノスアイレス、一九七九年三月三日

J・L・B

書物

書物は人間が創り出したさまざまな道具類の中でもっとも驚嘆すべきものです。ほかの道具はいずれも人間の体の一部が拡大延長されたものでしかありません。たとえば、望遠鏡や顕微鏡は人間の眼が拡大されたものですし、電話は声が、鋤や剣は腕が延長されたものです。しかし、書物は記憶と想像力が拡大延長されたものだという意味で、性格を異にしています。

ショー（ジョージ・バーナード、一八五六〜一九五〇。イギリスの劇作家、小説家、評論家）の『シーザーとクレオパトラ』の中に、アレクサンドリアの図書館は人類の記憶であるという一文が出てきますが、これが書物なのです。それだけでなく、書物は想像力でもあります。われわれの過去は一続きの夢でしかなく、夢を思い出すことは過去を思い出すことであり、それこそが書物の果たす役割なのです。

以前、私は書物の歴史を跡付けてみようと思い立ったことがあります。もちろん、ものとしての本——愛書家と呼ばれる奇矯な人たちの扱う書物には興味はありません——

を取り上げるつもりはありませんでした。これまでさまざまな評価を受けてきた書物の変遷をたどってみようと考えたのです。しかし、『西洋の没落』の中のすばらしい一節を見ても分かるように、私はシュペングラー（オスヴァルト、一八八〇～一九三六。ドイツの文化哲学者）に先を越されてしまいました。したがって、ここでは自分の考えを多少まじえながら、シュペングラーの説をなぞってみることにします。

驚いたことに、古代の人々はわれわれのように書物を崇拝していませんでした。彼らは書物を口頭で言われた言葉の代替物と見なしていたのです。よく引用される Scripta manent verba volant.《書かれた言葉は残り、口から出た言葉は飛び去る》という一文、これは口頭で言われた言葉は移ろいやすいという意味でなく、書かれた言葉は長く残るが、しょせんそれは死物でしかないということです。それにひきかえ、口から発せられる言葉には羽と同じで、ある種の軽やかさが備わっています。プラトンの言葉を借りれば、それは羽のある、神聖なものなのです。人類の偉大な指導者は例外なく口頭で教えを垂れてきました。

最初に、ピタゴラスを取り上げてみましょう。ピタゴラスは周知のように、意図的に書いたものを残しませんでした。彼がそうしたのは、書かれた言葉に縛られたくなかったからで、おそらく彼はのちに聖書に記されることになる《文字は人を殺し、霊は人を生かす》[1]というあの有名な言葉を予見していたのでしょう。そう感じたからこそ、書かれた言葉に縛られたくないと思ったにちがいありません。アリストテレスもピタゴラスその人には一言も触れず、つねにピタゴラス学派[2]の人たちについて語っています。たとえば彼はこんな風に言っています。ピタゴラス学派の人たちは永遠回帰を信じ、その教義を信奉している、と。この永遠回帰の説はずっとのちになってニーチェによってふたたび取り上げられます。円環の時間という考えは、『神の国』の中で聖アウグスティヌス（アウレリウス、三五四～四三〇。初期キリスト教会最大のラテン教父、思想家）によって反駁されることになります。彼は美しい比喩を用いて、キリストの十字架がストア学派[3]の人々の作り上げた円環の迷路からわれわれを救い出す、と述べています。円環の時間という考えは、その後もヒューム（ディヴィッド、一七一一～七六。イギリスの哲学者）やブランキ（ルイ・オーギュスト、一八〇五～八一。フランスの革命家）、そのほか多くの人々によって取り上げられることになります。

（1）旧約聖書『コリント人への第二の手紙』3・6。
（2）古代ギリシアにおいてピタゴラスによって創設されたとされる一種の宗教結社。
（3）紀元前三世紀初めにキティオンのゼノンによって創始された知性を重んじる学派。

ピタゴラスは意識的に書いたものを残さなかったのですが、それは肉体が滅びたあとも、自分の思想が弟子たちの心の中に生き続けてほしいと願っていたからです。そこからあの有名な言葉(ギリシア語が分からないので、ラテン語で言いますが)Magister dixit.《師が言われた》という言葉が生まれてきました。これは、師の言われた言葉に弟子は縛られるという意味ではありません。逆に、師が道筋をつけられた思想を弟子は自由に発展させることができるということなのです。

円環の時間の説を最初に唱えたのがピタゴラスかどうかは分かりませんが、彼の弟子たちがその説を広めたことはよく知られています。ピタゴラスも肉体の死をまぬかれませんでした。しかし、弟子たちは一種の転生——この言葉を耳にしたらピタゴラスはさぞかし喜んだことでしょう——を通して、師の思想を継承し、それについて思索を巡らしました。師の考えとは違う目新しいことを言っているのではないかと詰問されると、彼らはMagister dixit.というお決まりの言葉を用いて逃げを打ちました。

ほかにもありますが、プラトンのこれ以上はない例を挙げてみましょう。プラトンはこう言っています。書物とは似姿のようなものであり(彼は彫像や絵画を思い浮かべていたとも考えられます)、人はそれが生きていると思い込んでいる。しかし、書物に何か問いかけたとしても、返事はこない、と。沈黙を守っている書物をどうにかできないかと考えた末に生まれてきたのが、プラトンの対話なのです。対話の中でプラトンは、ソクラテスやゴルギアス（前四八〇？～前三八〇？ギリシアのソフィスト、弁論家）、そのほかさまざまな人物になって登場してきます。ソクラテスは今も自分の作品の中に生き続けている、そう考えることでプラトンはソクラテスの死によってもたらされた悲しみを多少とも和らげようとしたのかもしれません。何か問題にぶつかるたびに、彼はこうつぶやきました。ソクラテスが生きておられたら、この問題についてどう言われただろう？　何ひとつ書いたものを残さなかったソクラテスは、ある意味で永遠に生き続けることになったのですが、その彼もまた口頭で教えを垂れる師のひとりでした。

イエスは一度だけ文字をいくつか書いたのですが、砂によって掻き消されたことはよく知られています。われわれの知る限り、キリストはそれ以外に文字を書いていません。仏陀もまた口頭で教えを垂れた師であり、彼の説教は今も残されています。聖アンセルムス（一〇三三～一一〇九。中世ヨーロッパの神学者、哲学者）は、《無知の人の手に書物をゆだねるのは、子供に剣を持たせるのと同じく危険なことである》と述べています。かつて人は書物をそんな風に考えていました。東洋には、書物は何かを解き明かしてはならない、単に何かを発見する手助けをするだけであるという考え方が今も残っています。私はヘブライ語の本が読めないのですが、カバラ[4]を少し研究し、『ゾーハル（光輝の書）』や『セーフェル・イエツィラー（形成の書）』を英訳やドイツ語訳で読んだことがあります。そこから分かったことは、これらの書物が理解されるためではなく、解釈されるために書かれたのであり、それをもとにして読者は自分なりに思索を進めてゆけばよいということです。古典古代の人々はわれわれのように書物を尊重していなかったのです。周知のように、マケドニアのアレクサンドロスは『イーリアス』と剣という二つの武器を枕の下において眠っていました。ホメロスは大変尊敬されていましたが、当時の人々はわれわれのようにあの詩人を神聖視していませんでした。『イーリアス』と『オデュッセイア』は神聖なテキストと見なされてはおらず、古代の人々はこれらのテキストに崇敬の念を抱きつつも、一方で批判もしたのです。

プラトンは異端の嫌疑をかけられることなく自分の国家から詩人を追放しました。古代の人たちが書物を批判した証言を挙げてきましたが、そのひとつにセネカに関する大変興味深い話があるので紹介しておきましょう。ルキリウス（前一八〇～前一〇三／前一〇二。ローマの詩人）に宛てた賞賛すべき書簡のひとつで、セネカはたいそう虚栄心の強い男を非難しています。その中で、あの男は百巻もの書物をおさめた書庫があると自慢しているが、果たして百巻もの本を読む時間はあるのだろうかと問いかけています。ところが今では、蔵書量の多い書庫ほど立派だと言われているのです。今日では理解しがたいことですが、古代においては現代のように書物が崇拝されていなかったようです。古代の人たちは、書物を口頭で言われた言葉の代替物と見なしていました。しかし、やがて古典古代人にはまったくなじみのない新しい概念、つまり神聖な書物という考え方が東方から持ち込まれました。以下に二つ例を挙げてみましょう。ひとつはより時代の新しいイスラム教徒の考え方です。彼らは、コーランが天地創造以前、アラビア語よりも前に存在していたと信じています。あの書物は神が書かれたものではなく、慈悲心や正義と同様、神の属性のひとつなのです。コーランの中では、《書物の母》についてきわめて神秘的な形で触れられています。母なる書物とはコーランの手本になる書物で、それは天上で書かれました。これがやがてコーランのプラトン的原型になるわけですが、コーランの伝えているところでは天上で書かれたその書物は天地創造以前にすでに存在し、神の属性だったとのこ

（4）ユダヤ教の伝統に基づいた創造論、終末論、メシア論を伴う神秘主義思想のひとつ。

とです。スーレム、つまりイスラム教の博士はそう断言しています。

次に、われわれにとってより身近な例をもうひとつ挙げてみましょう。聖書、より正確にはトーラー、あるいはペンタテュークと呼ばれる『モーセ五書』(5)がそれです。これらの書物は一般に聖霊によって口述されたと考えられていますが、時代も作者も異なるこれらの五書をひとりの聖霊の手になるものだとみなすのは、何とも奇妙な発想ですが、聖書に書かれているように、聖霊は自らの望むところに霊感を吹き込むことができます。ヘブライ人は時代を異にするいくつもの文学作品をひとつにして一巻の書物を作ってもいいと考えていて、その結果生まれてきたのがトーラー(聖書〈ビブリア〉はギリシア語)です。これらの書物はすべてただひとりの作者、すなわち聖霊の手になるものだとされています。

バーナード・ショーはある時、聖書は聖霊によって書かれたと言われますが、あなたは信じますかと訊かれて、《再読に耐える本はすべて聖霊によって書かれたのだ》と答えました。これはつまり、一冊の本は作者の意図をはるかに超えたものになるということにほかなりません。作者の意図と言っても、しょせん過ちを犯しやすい哀れな人間が考え出したものでしかありません。しかし、書物にはそれ以上の何かがそなわっています。

たとえば『ドン・キホーテ』がそうで、あの作品は騎士道小説の風刺をはるかに超えたものになっています。一方で、完璧なテキスト、つまり偶然的要素が一切入り込まないものもあります。

それについて考えてみましょう。たとえば、

清らかに澄み切った清流、
木々よ、お前たちはそこに映る自らの姿を見つめる、
みずみずしい影に包まれた緑の牧場⑥

と書いたとします。一読して分かるように、これは十一音節、三行の詩で、それは作者が意図して書いたものです。つまり、ここには作者の意図が働いています。

(5) 旧約聖書の『創世記』『出エジプト記』『レビ記』『民数記』『申命記』を指す。
(6) 参考までに原文を掲げておく。
Corrientes aguas, puras, cristalinas,
árboles que os estáis miando en ellas,
verde prado, de fresca sombra lleno

その一方で、聖霊によって書かれた作品も存在します。神が文学をよしとされ、一巻の書物を口述されたのですが、それに比べれば私の書いた詩やその意図など何ほどの意味ももちません。あの書物には、偶然の入り込む余地が一切ないのです。一つひとつの文字に至るまですべてが正しい意味をもっているはずです。旧約聖書をひもといてみますと、Bereshit baraelohim(7)というBではじまる言葉が冒頭に並んでいますが、これはbendecir(祝福する)という言葉と呼応していると考えられます。聖書には偶然が一切存在しません。そこからわれわれはカバラへ、一つひとつの文字の研究へと向かうことになります。神によって口述された聖なる書物、これは古代人の抱いていた書物に関する概念とはまったく相反するものです。古代の人たちは詩の女神《ミューズ》をかなりあいまいな存在としてとらえていました。

ホメロスは『イーリアス』の冒頭で、《(アキレスの)怒りを歌え、女神《ムーサ》よ》と歌っています。ここに言う女神とは霊感のことです。それに比べると、聖霊という言葉からはより具体的で強い力をそなえた存在が想起されます。文字で書かれたものをよしとされた神がそれです。神が書かれた一巻の書物、そこに偶然の入り込む余地はありません。字数、個々の章句の音節の数、さらにはわれわれがその文字を用いて言葉遊びをしたり、文字から数的な意味を導きだしたりしても、それは偶然の産物ではないのです。一切はすでに考えられていたのです。

繰り返しになりますが、書物に関する概念で次に重要なのは、それが聖なる作品になり得るかもしれないということです。古代の人たちは書物を口頭で言われた言葉の代替物でしかないと考えていましたが、それに比べると、この考え方はわれわれのそれにより近いかもしれません。その後聖なる書物に対する崇拝の念が薄れはじめると、それに代わってさまざまな信仰が生まれてくるようになります。たとえば、どの国も一冊の書物によって象徴されるという考え方です。ここでイスラム教徒たちがイスラエル人のことを《書物の民》と呼んでいたことを思い返してみてもいいでしょう。あるいは、ハインリヒ・ハイネのユダヤ国民を評した有名な言葉、すなわちユダヤ人の祖国は聖書であるというのを思い出してもいいでしょう。個々の国は一冊の書物に象徴されるはずであるという考え、これは時代的には新しいものです。

まだ誰も指摘していないと思うのですが、自国を象徴する作家を選ぶ場合、奇妙なこ

(7) 正しくは、Bereshit bara Elohim.「はじめに神は……創造された」という旧約聖書の冒頭の一節。

とにどの国も典型的な人物を選び出していないように思われます。たとえばイギリスなら、象徴的な人物として真っ先にジョンソン博士（サミュエル、一七〇九～八四。イギリスの詩人、批評家）を選んでよいはずなのに、なぜかシェイクスピアを選んでいます。しかし、考えてみればシェイクスピアはイギリスの作家の中でもっともイギリス人らしくない人物です。《Understatement》、つまり物事を控えめに言うこと、これがイギリス人の特質です。ところが、シェイクスピアは隠喩を誇張するきらいがあり、彼がイタリア人、あるいはユダヤ人であると言われても、われわれは少しも驚かないでしょう。

ドイツもやはりそうです。たちまち狂信的になるきらいのあるすぐれたあの国は、およそ狂信とは縁遠い寛容な人物を、自国を象徴する作家として選んでいます。選ばれた当人は祖国をあまり重視していませんでした。ゲーテがその人です。ドイツはゲーテに象徴されています。フランスはひとりの作家を選んではいません。しかし大方の意見はユゴーに傾いています。私はもちろんユゴーを崇拝していますが、それは別として、ユゴーはどこから見ても典型的なフランス人とは言い難いようです。フランスに住んではいましたが、ユゴーは外国人でしかなかったのです。誇大な装飾と大仰な隠喩を用いるユゴーはフランス人らしからぬフランス人でした。

スペインはなおいっそう奇妙です。スペインを象徴する作家と言えば、まずロペ（ロペ・デ・ベガ、一五六二～一六三五。スペインの黄金世紀を代表する劇作家）、カルデロン（ペドロ・カルデロン・デ・ラ・バルカ、一六〇〇～八一。スペインの劇作家）、あるいはケベード（フランシスコ・ゴメス・デ、一五八〇～一六四五。スペインの詩人、小説家、政治家）の名が思い浮かびます。しかしどういうわけかスペインは自国を象徴する作家としてミゲル・デ・セルバンテスを選び出しています。セルバンテスは異端審問所が設けられていた時代の人ですが、性《さが》は寛大でした。彼にはスペイン的な美徳も悪徳もそなわっていません。

まるでどの国も多少とも自分たちの欠点を消し去る一種の治療薬、アヘン解毒剤、毒消しになる、必ずしも典型的とは言えない人物に自国を象徴させるべきだと考えているように思われます。われわれにしても、本来ならアルゼンチン人の書物であるサルミエント（ドミンゴ・ファウスティーノ、一八一一～八八。アルゼンチンの作家）の『ファクンド』を選ぶべきなのですが、そうなってはいません。自分たち独自の戦いの歴史、剣の歴史を持っているわれわれは、一脱走兵の記録を選びました。すなわち、『マルティン・フィエロ』(8)がそれです。もちろん選ばれてしかるべき作品ですが、そうするとわれわれの歴史は、砂漠の征服に従軍した一脱走

（8）アルゼンチンの国民的叙事詩で、作者は詩人でジャーナリスト、政治家としても活躍したホセ・エルナンデス（一八三四～八六）。

兵によって象徴されることになります。何とも困ったことにこれは事実です。どうやら、どの国も似たような必要性を感じているようです。

これまで大勢の作家がすぐれた書物論を書いてきました。その中の何人かを取り上げてみましょう。最初にモンテーニュを取り上げますが、彼の『エセー』の中に書物を論じた一節があります。《私は喜びが得られないようなことは何ひとつしないことにしている》という記憶に値する一文が出てくる著作の中で、モンテーニュは書物を義務として読むのは誤りであると言っています。さらに、本の中に難解晦渋な箇所が出てくると、投げ出すことにしているとも言っています。これはつまり、彼が読書を幸せになるための方法のひとつだと考えていることを物語っています。

以前に絵画とは何かについてアンケートを求められたことがあります。アンケートを受け取った妹のノラは、絵画とは形象と色彩によって喜びをもたらす芸術であると答えたと記憶しています。それに倣って、文学もまた喜びをもたらすひとつの形式だと言ってもいいでしょう。読者が難解と思うような作品を書いたとすれば、それは作者が失敗したということです。ですから、読むのに大変な努力を要する作品を書いたジョイスのような作家は、本質的に失敗していると考えられます。

書物は人に努力を求めるべきではない、幸せは人に努力を求めてはならない。たしかに、モンテーニュの言うとおりだと思います。モンテーニュはお気に入りの作家を列挙したあと、ウェルギリウスを取り上げて、自分は『アエネーイス』よりも『農耕詩』の方が好きだと言っています。私なら『アエネーイス』をとりますが、これはどうでもいいことですね。モンテーニュは熱情をこめて書物について語りつつも、それは喜びではあるが、怠惰な喜びでしかないと結んでいます。

現存する書物に関する労作を残しているエマソン（ラルフ・ウォルドー、一八〇三〜八二。アメリカの思想家、詩人）は逆のことを言っています。図書館とは魔法の書斎であり、そこには人類のもっともすぐれた精神が魔法にかけられて閉じ込められている。彼らは沈黙の世界から飛び出そうと、われわれが呪文を唱えるのを今か今かと待っている。まず書物をひもとくこと、そうすれば彼らは目を覚ますだろう。エマソンはさらにこう続けています。われわれは人類が生み出した最高の人たちと友達になることができる。しかし、こちらから近づこうとしてはいけない。また、注解や批評はできるだけ読まないことである。そんなことをすれば、彼らの語りかける言葉を直接聞き取れなくなるだろう、と。

私はブエノスアイレス大学文学部で二十年間英文学を講義してきましたが、つねづね学生に向かって、文献はあまりたくさんいらない、批評は読まなくてよろしい、直接実作に当たることが大切だと言い続けてきました。彼らはおそらく作品を十分に理解していないでしょう。しかし、そのやり方ならつねに作者の声をじかに聞き取り、それを楽しむことができるはずです。私に言わせれば、ひとりの作家を理解する上でもっとも大切なことはその人の抑揚であり、一冊の書物でもっとも重要なのは作者の声、われわれに届く作者の声なのです。

私はこれまで人生の一部を文学に捧げてきました。その私の考えでは、読書というのは楽しみを得るためのひとつの方法なのです。それよりも劣りますが、もうひとつの方法は詩を書くこと、つまり創作と呼んでいるものがそれです。ただ、これはわれわれがそれまでに読んだものの忘却と記憶とが混ざり合ったものなのです。

心地よいものだけを読むこと。書物は幸せをもたらすものでなければならない。この二つの点でエマソンはモンテーニュと考えを同じくしています。われわれは文学に多くのものを負っています。私はこれまで新しいものを読むよりも、むしろ再読しようとしてきました。新しいものに目を向けるよりも、何度も読み返す方が私には大切なことに思えるのです。ただ、読み返すためには、一度は読んでいなければなりません。書物崇拝というのは、そのようなものなのです。もっと強い思い入れを込めて語ることもできるのでしょうが、私は自分の感情を表すのが苦手です。私はこれまであなた方の一人ひとりに向かって打ち明け話でもするように話してきました。皆さんにではなく、一人ひとりの方に向かってです。それというのも、皆さんというのは抽象名詞でしかなく、本当に存在しているのは一人ひとりの方なのですから。

私は今でも目が見えるようなふりをして、本を買い込み、家じゅうを本で埋め尽くしています。先だっても、一九六六年版のブロックハウスの百科事典を贈り物にいただきました。家の中にその百科事典のあることがはっきり感じとれ、私は一種の至福感にひたっていました。二十数巻の書物がそこにあるのですが、今の私にはそのゴシック文字は読めません。地図や図版も見ることはできないのです。それでも、書物は間違いなくそこにあり、私は書物が放つ親しみの込もった重力のようなものを感じていました。人が幸せだと感じる可能性はいろいろありますが、書物というのはそのひとつだと私は考えています。

書物は消滅すると言われていますが、私はそんなことはあり得ないと思っています。書物と新聞、あるいはレコードとの違いは何かとよく言われます。新聞は忘れられるために読まれ、レコードもまた忘れられるために聴かれるのです。レコードはいくぶん機械的なところがあって、それゆえ軽薄なものです。それに対して、書物は記憶されるために読まれます。そこが違いです。

　コーラン、聖書、ヴェーダ[9]——ヴェーダもやはり世界を創造すると書かれています——、これらに共通してみられる神聖な書物という概念はもはや時代遅れかもしれません。しかし、書物には今なおある種の神聖さがそなわっていて、われわれはそれを失わないようにしなければなりません。一冊の書物を手に取り、それをひもとく。その行為のうちには、芸術的行為の可能性が秘められています。一冊の本の中に眠っている言葉とは何でしょうか？　死んだ象徴とは何でしょうか？　それらは何ものでもありません。書物はそれを開かない限り書物ではないのです。紙と皮でできた、間にページのはさまれている箱型の直方体でしかありません。ですが、それをひもとくと、奇妙なことが起こります。私の考えでは、書物はひもとくたびに変化するのです。

　人は二度同じ川に降りていかない、とヘラクレイトスは言いました（この言葉はこれまで何度となく引用させてもらいました）。誰も二度同じ川に降りていかないとは、流れゆく川の水はつねに変化しているということです。しかし、それにもまして恐ろしいのは、われわれが流れゆく川に劣らず移ろいやすい存在だということです。われわれが書物を読むと、もはや以前に読んだ本と違っていますし、語の意味も違うものになっています。しかも、書物には過去も詰め込まれているのです。

　これまで私は批評をけなしてきましたが、ここで前言を翻すことにします（前言を翻したところで、別にどうということはありませんが）。ハムレットはもはや、十七世紀初頭にシェイクスピアが思い描いたハムレットではありません。それはコールリッジの、ゲーテの、ブラッドリー（アンドリュー・セシル、一八五一〜一九三五。イギリスの学者、批評家）のハムレットなのです。ハムレットは何度も生まれ変わってきました。キホーテもやはりそうです。ルゴーネス（レオポルド、一八七四〜一九三八。アルゼンチンの詩人）とマルティーネス・エストラーダ（エセキエル、一八九五〜一九六四。アルゼンチンの詩人、作家）は『マルティン・フィエロ』を取り上げて論評していますが、彼らの『マルティン・フィエロ』は同じものではありません。書物は読者によってより豊かなものにされてきたのです。

　古い書物を読むということは、それが書かれた日から現在までに経過したすべての時間を読むようなものです。それゆえ、書物に対する信仰心を失ってはなりません。書物

（9）インド最古の文献群で、バラモン教の聖典。

には間違いがたくさんあるでしょうし、著者の考えにどうしてもついていけないこともあるでしょう。それでもなお、書物には何か神聖なもの、聖なるものが保持されています。その時は迷信めいた敬意を抱いてはいけません。楽しみを見出したい、叡智に出会いたい、そう思って書物をひもといてください。

本日は以上で終わることにします。

一九七八年五月二四日

不死性

どれをとってもすばらしいウィリアム・ジェイムズ（一八四二〜一九一〇。アメリカの哲学者）の著作のひとつに『宗教的経験の諸相』というのがあり、その中で彼は個人の不滅性について一ページだけを割いて、この問題は自分にとって取るに足らないものであると言い切っています。たしかに、時間や知覚、外部世界といったものと違って、それは哲学の基本的な問題ではありません。個人の不滅性の問題は宗教上の問題と混同される、とジェイムズは言い、さらにほとんどの人、大多数の人にとって神とは、個人的なものとして理解された不滅性の創造者にほかならないと付け加えています。

ドン・ミゲル・デ・ウナムノ（一八六四〜一九三六。スペインの思想家、詩人、小説家）は、自著『生の悲劇的感情』の中でそれが冗談であるとも気づかず、《神とは不滅性の創造者である》とまったく同じ言葉を何度も繰り返しています。自分は永遠にドン・ミゲル・デ・ウナムノであり続けたいと繰り返し言っているのですが、私には理解できません。自分自身に関して言えば、私はホルヘ・ルイス・ボルヘスであり続けたいと思っておらず、べつの人間になりたいと願っています。死ぬときは完全な形で、つまり肉体だけでなく、魂ともども死にたいのです。

私は個人の不死性、つまり地上であったことを記憶していて、他界へ行っても地上のことを懐かしく思い出す魂について話そうと思っているのですが、それが果たして人として思い上がったことなのか、謙虚なことなのか、あるいは本当に正しいことなのかよく分からないのです。先日、家にいた妹のノラが次のように言ったのを今でもよく覚えています。《『地上の郷愁』というタイトルで絵を描いてみようと思うの。内容は天国に召された人が、天上にいても地上のことを懐かしく思い出すといったもので、少女時代のブエノスアイレスの思い出をもとに描きたいんだけど、どうかしら？》。妹は知りませんが、実は私も似たようなテーマの詩を書こうと考えています。それは、ガリラヤに降っていた雨や、大工の仕事場のかぐわしい香り、あるいはまだ見たことはないのにつねづね郷愁を覚えているもの、つまり満天の星空といったものを思い浮かべているイエスをテーマにした作品です。

ダンテ・ゲイブリエル・ロセッティ（一八二八～八二。イギリスの画家、詩人）の作品にも、天上にいて地上を懐かしく思い出すというテーマの詩がひとつあります。少女は天上にいるのですが、恋人がそばにいないので悲しみに沈んでいます。いつか恋人がやって来るだろうと心待ちにしているのに、恋人は地上で罪を犯したために天上に昇ることができず、少女は永遠に待ち続けるという内容です。

ウィリアム・ジェイムズは、自分にとって不滅性は取るに足らないものであり、哲学の重要問題は時間、外界の現実、知覚であると断言しています。不滅性というのは二義的な問題、つまり哲学よりもむしろ詩にふさわしいテーマ、言い換えれば神学、すべてのそれではなく、ある種の神学にふさわしいテーマだというのです。

この点については違った見方もできます。つまり、魂の転生がそれです。天上に昇っても今のままであり続けて、かつての自分を思い返すというのは、どう考えてもまことに貧困なことで、それに比べると魂の転生の方がより詩的で興味深いものに思われます。

幼い頃の自分に関しては十から十二くらいのイメージが記憶に残っていますが、つとめて忘れようと心がけています。ひたすら違った人間になりたいと願っていた思春期の頃は思い出す気にもなれません。そのくせ、当時のことは芸術によって変容されて、詩のテーマになることもあります。

あらゆる哲学の中でもっとも悲愴なテキストと言えば——むろんそう意図していたの

ではないのでしょうが――、プラトンの『パイドン』を挙げなくてはなりません。プラトンのこの対話篇は、ソクラテスの最後の午後を語ったもので、集まった友人たちは船がすでにデロス島から戻ってきており、ソクラテスが間もなく毒を仰ぐことを知っています。ソクラテスはやがて刑が執行されるだろうと知った上で、友人たちを迎えます。ですが、ひとりの人物が欠けていました。マックス・ブロート（一八八四～一九六八。ドイツ系ユダヤ人の作家。カフカの紹介者として知られる）によれば、ここにプラトンが生涯で書いたもっとも心を打つ一文が出てくるのです。「プラトンは病気だったと思います」[1]というのがそれです。プラトンの膨大な著作の中で彼が自分の名前を出しているのはその箇所だけである、とブロートは指摘しています。プラトンがあの対話篇を書いたのなら、彼はおそらくその場に居合わせたはずですし――居合わせなくても同じことですが――、あそこで自身について三人称で語っているのは、重大な瞬間に立ち会ったことを多少ぼかそうとしているからです。

《ソクラテスが生涯最後の午後にどのようなことを言ったのか知りませんが、できればこのように言ってほしいと思ったことを書いたのです》、あるいは《このように語ったにちがいない、と想像することはできるはずです》、より自由な立場に立ってそう言おうとして、プラトンはあのような一文を挿入したのだとこれまで考えられてきました。

私は、プラトン自身が《プラトンは病気だったと思います》と書きつけた時、言いようのない文学的な美を感じていたように思えてなりません。

そのあとに、見事な一文、おそらくあの対話篇の中でもっともすぐれた一文が出てきます。ソクラテスはベッドに腰を掛けているのですが、その時に彼を縛っていた鎖が解かれます。重い鎖を外してもらって楽になったのでしょう、膝をさすりながら次のように言います。《奇妙なものだ、重い鎖は一種の苦痛だったが、外してもらうと、とたんに楽になった。快と苦痛は双子の兄弟のようにいつも連れ立ってくるのだ(2)》。

ソクラテスは最後の日のあの瞬間にあっても自分自身の死には一切触れず、快と苦痛は分かちがたく結ばれていると語っていますが、これは驚くべきことです。おそらくこの一節はプラトンの著作の中でももっとも心を打つ一文で、死を間近に控えながらそれ

(1)エケクラテスからソクラテス最後の日に居合わせた人たちのことを尋ねられたパイドンの返事。

(2)『パイドン』のこの箇所は、岩田靖夫の訳によれば以下のようになっている。《諸君、人々が快と呼んでいるものは、なんとも奇妙なもののようだ。それの反対と思われている苦痛に対して、快は生来なんと不可思議な関係にあることだろう。この両者はけっして同時に人間にやって来ようとはしないのに、だれかが一方を追いかけてつかまえると、ほとんど常に他方をもつかまえさせられる。まるで、二つでありながら、一つの頭で結合されているみたいにね》(『パイドン』岩波文庫)。

について一言も語ろうとしない男、それもたいへん勇敢な男の姿が浮かび上がってきます。

ついで、その日のうちに毒を仰ぐことになっているという文章が出てきて、議論がはじまるのですが、二つの存在、すなわち魂と肉体という二つの実体に関するものなので、われわれにとってはいささか厄介です。ソクラテスは、心的実体（魂）は肉体がない方がよりよく生きることができる、肉体は足手まといになるだけだと言っています。この一節は、われわれは肉体という牢に閉じ込められているのだという、古代において広く知られていた教説を思い起こさせます。

ここでイギリスの偉大な詩人ブルック（ルパート、一八八七～一九一五。イギリスの抒情詩人）の詩を思い浮かべてみましょう。以下に挙げる作品は詩としてはなかなかのものですが、哲学としてはおそらく陳腐なものでしょう。《そして死後、ぼくたちは手を持たないがゆえに、ものに触れ、目が見えないがゆえにものを見ることになるだろう》。詩としてはいいものですが、哲学的な観点から見ると、さほど深遠とは思えませんが、いかがでしょう？　グスタフ・スピラー（一八六四～一九四〇。ハンガリー生まれの倫理学、社会学の研究者で、主としてイギリスで活躍した）はそのすぐれた心理学の論文の中で次のように述べています。われわれが手足の切断、頭部への殴打といった別の肉体的不運を考えた場合、それらは魂に何の恩恵ももたらさないと言っています。肉体が不運な目に遭ったとしても、そのことによって魂が何らかの恩恵を被ることはないと考えざるをえません。しかし、魂と肉体という二つの実体の存在を信じているソクラテスは、魂は肉体から解き放たれてはじめて思索に打ち込むことができるようになると推論しています。

ここで思い起こされるのはデモクリトス（前四六〇頃〜前三七〇頃。古代ギリシアの唯物論哲学者）にまつわるあの神話です。彼は外部世界に心を乱されることなく思索にふけりたいと考えて、ある庭園で両目をえぐり出したと伝えられます。これはもちろん作り話ですが、美しい作り話です。目に見える世界——私が失った七色の世界——は純粋に思索する際に妨げになると考えて、心静かに思索を続けるために両目をえぐり取った人物がここにいるのです。

しかし、現在のわれわれから見ると、魂と肉体に関する右のような考え方は疑わしく思えます。ここで哲学の歴史を手短に振り返ってみましょう。ロックは存在する唯一のものは知覚と感覚、それにそうした感覚に関する記憶と知覚だけである、また物質は存在し、われわれは五感を通してそれを認識することになると述べています。続いて登場したバークリー（ジョージ、一六八五〜一七五三。イギリスの経験論哲学者）は物質とは一連の知覚にほかならず、そうした知覚はそれを感じとる意識なくしては考えられないものであると言っています。赤い色とは何でしょうか？　それはわれわれの目に依存していて、われわれの目もまた知覚の一体系にほかなりません。その後、ヒュームが現れて二人の仮説に反駁を加え、魂と肉体を否定してしまいます。魂とは知覚する何ものかにほかならず、物質とは知覚された何ものかにほかならないというわけです。万が一この世界から名詞が排除されたら、あとは動詞しか残りません。そうなると、ヒュームが言うようにもはや《われ思う》とは言えないわけです。なぜなら《われ》というのは主語だからです。Llueve.「雨が降る」(3)というのと同じように、Se piensa.「考えられる」、あるいは「人は考える」(4)という無人称文を用いなければなりません。この二つの文にはいずれも主語がありません。デカルトは《われ思う、ゆえにわれあり》と言いましたが、ヒュームに従えば、《何かが考える》、もしくは《考えられる》と言わなければならないでしょう。なぜなら《われ》と言えば、ある実体が思い浮かびますが、われわれはそのような実体を想定できないからです。したがって、この場合は《考えられる、ゆえに何かが存在する》と言わざるをえません。

　個人は不滅であるという場合、どのような論拠に基づいているのか以下に見ていきましょう。まず、二人の文章を引用してみます。フェヒナー（グスタフ、一八〇一～八七。ドイツの物理学者、哲学者）は、われわれの意識、つまり人間には一連の熱望、欲求、期待、不安がそなわっていて、それが死んだあとまで続くと言っています。ダンテは《われわれの人生の道半ばで》と書いていますが、この一文は、七十年の生涯を送るよう勧めている聖書を思い起こさせます。だからこそ、三十五歳になった時にダンテはそう考えたのでしょう。われわれは七十年の間に(私は不幸にしてその年を越えて、七十八歳になっていますが)、人生において意味のないものがあることに気がつきます。胎児にとって両脚は無用の長物ですし、腕や両手も必要ありません。こうしたものは、生まれ落ちてはじめて必要になるのです。同じことがわれわれにも起こると考えられます。つまり、われわれはさまざまな期待、不安、憶測を抱いて生きていますが、純粋に死すべき定めにある人間にとっては不必要なものです。生きていくためには、動物が持っているものさえあればいいのです。ただ、動物にとって必要ないものが、やがて訪れるもうひとつのより十全な生において必要となるというのが、不死性の論拠になっています。

次に至高の師である聖トマス・アクィナスの言葉を引いてみます。彼は、Intellectus

(3)(4)スペイン語で主語のない無人称文である。

naturaliter desiderat esse semper.《知性は本来永遠であり続けたいと願っている》[5]という言葉を残しています。この言葉に関しては反論できます。逆のことを願うこともできるのです。つまり、よくあることですが存在をやめたいと思うのがそれです。自殺がそうですし、人は毎日眠らなければなりませんが、眠りもまた死のひとつの有り様なのです。死の観念を感覚でとらえた詩があるので、紹介しておきましょう。スペインの民謡では「死の喜びはあまりにも大きい。どうか死よ、ふたたび私に生がもたらされることがないよう、音もなくそっと忍び寄ってきてくれ」と歌われ、名も知れないセビーリャの詩人は「おお、死よ！／自分の眼に狂いはないと確信しているのなら、／いつも矢に乗ってやってくるように／音もなく訪れてくれ、／私の家は頑丈な金属を貼り付けていないので／轟音と閃光を放つあの騒々しい機械は止めてくれ」と歌っています。フランスの詩人ルコント・ド・リール（シャルル＝マリー＝ルネ、一八一八〜九四）も次のような詩を書いています。「彼を時間、数字、空間から解き放ち、彼から奪い取った安らぎを返してやるのだ」。

生きたい、永遠に生き続けたいという熱い思いをはじめ、さまざまな願望を抱いてわれわれは生きていますが、その一方で不安とその裏返しである期待に加えて、生きることをやめたいという思いを抱いてもいます。こういうことは個人の不死性にかかわりなく達成されうるものであり、われわれはそのような不死性を必要としていません。私自身について言えば、不死性など望んではいません。それどころか恐れてさえいます。このまま生き続け、これからもボルヘスであり続ける、そう考えただけで身の毛のよだつ思いがします。自分自身はもちろんのこと、自分の名前や名声にうんざりしており、そうしたものから解放されたいと願っています。

タキトゥスの書いたものの中に、その問題に対する解答らしきものがありますし、ゲーテものちに同じようなことを言っています。『アグリッパの生涯』(6)の中でタキトゥスは Non cum corpore periunt magnae animae.《偉大な魂たちは肉体とともに消滅することはない》と書いています。タキトゥスは、個人の不死性は少数者のみが受けるに値する天恵だと考えていました。つまり、凡庸な魂とは無縁で、限られた人にだけ与えられると考えていたのです。ソクラテスが言っているレーテ(7)を通り過ぎたあと、それらの魂

(5)『神学大全』第一部、第七十五問を参照のこと。
(6)『アグリコラ』の誤りか。
(7)ギリシア神話で、魂は転生の前にレーテの川の水を飲んで、前世の記憶をなくすと伝えられていた。

はかつて自分が誰であったかを思い出すことができるのです。その後ゲーテが、友人のウィーラントが亡くなった時に、同じように「無情にもウィーラントが死んだと考えることはそら恐ろしい」と書いています。ゲーテには、ウィーラントがこの地上のどこかで生きているとしか考えられない、つまり彼はすべての人ではなく、ウィーラントひとりの不死性を信じていることになります。「偉大な魂たちは肉体とともに消滅することはない」と書いたタキトゥスと同じことを言っているのです。つまり、不死性とは限られた人たち、偉大な少数者にのみ与えられた特権というわけです。しかし、人は誰しも自分は偉大な人間であり、したがって不死でなければならないと考えるきらいがあります。私自身はもちろんそんな風に考えていません。私の見るところでは、ほかにも重要と思われる不死性があります。ここで最初に思い浮かぶのは、転生することによって人は不死性を獲得するのではないか、という考えです。この考え方は、ピタゴラスとプラトンのうちに見られます。プラトンは魂の転生をひとつの可能性と見なしていました。人の運、不運について考える場合、この考え方は大変有効です。つまり、われわれがこの世で運に恵まれるか、あるいは不運に見舞われるかは、すべて前世にその原因があるというわけです。言い換えれば、われわれはこの世でその罰、あるいは褒賞を受けているわけです。しかし、ここで難しい問題が生じてきます。というのも、ヒンズー教や仏教によれば、われわれ一人ひとりの生は前世に依存していることになりますが、その前世はもうひとつ前の生に依存している、といった具合にどんどんたどっていくと結局は無限に過去へと遡っていくことになります。

時間が無限なら、生を過去に向かって無限に遡っていけるというのは矛盾していると言われてきました。その数が無限なら、無限にあるものがどうして現在にたどり着けるのか、というのです。私の考えでは、時間がもし無限なら、その無限にはすべての現在が含まれていなければなりません。そして、すべての現在の中には、このベルグラーノの、ベルグラーノ大学においてあなた方とこうして一緒にいるこの現在も含まれているはずです。あなた方の時間もそこに含まれていることは言うまでもありません。時間がもし無限だとすれば、いかなる瞬間においても、われわれは時間の中心に身を置いていることになるのです。

パスカルは、宇宙が無限なら、その宇宙は円周がいたるところにあって、中心がどこにもない一個の球体であると考えました(8)。とすれば、今この瞬間には背後に無限の過去、無限の昨日があり、その過去はまた今この現在を通り過ぎていると考えられます。空間と時間が無限だとすれば、いついかなる瞬間にあっても、われわれは無限の線の中心にいて、無限の中心のどこにいようと、空間の中心にいることになります。

仏教徒は、われわれがこれまで無限の生を生きてきたと信じています。つまり、語の厳密な意味での無制限の数、始まりも終わりもない数、言ってみれば近代数学のカントール（ゲオルグ、一八四五〜一九一八。ドイツで活躍した数学者）の考えた超限数のようなものだと思えばいいでしょう。われわれは今、その無限の時間のひとつの中心――すべての瞬間が中心なのです――にいます。われわれがこうして話をし、私の話を聞いているあなた方がうなずいたり、反撥を感じておられる今この時も中心なのです。

転生というのは、ひとつの魂が実体から実体へ、つまり人間や植物へと転生していく可能性を示唆しています。ペドロ・デ・アグリヘント（ボルヘスが作り出した架空の人物）はその詩の中で、かつて自分がトロイア戦争の時に使った楯を発見したと語っています。また、シェイクスピアよりも少し遅れて生まれたジョン・ダン（一五七二〜一六三一。イギリスの詩人）は《魂の遍歴》という詩を書いています。「決して死ぬことがない魂の遍歴を、私は歌う[9]」という書き出しではじまるこの詩の中で、魂はある実体から別の実体へと移っていきます。ダンはその詩の中で、自分は一冊の本を書くつもりだが、それは聖書を超えた、あらゆる書物よりも優れたものになるはずであると書いています。まことに壮大な意図というほかはありません。作品は完成しなかったのですが、その中には大変美しい詩行が含まれています。この詩は果実、より正確にはアダムの果実、つまり罪の果実であるリンゴの中に住みついた魂の記述ではじまっています。やがてその魂はエバの胎内に入ってカインを生み落としたのち、連ごとに次々に生まれ変わっていきます（やがては、イギリスのエリザベス女王にも生まれ変わります）。ダンがこの詩を完成させなかったのは、魂が不滅のものとして生まれ変わっていくと考えたからです。その序文のひとつの中で、彼は有名な起源を思い起こして、魂の転生に関するピタゴラスとプラトンの説を取り上げています。つまり、彼は二つの源泉、すなわちピタゴラスのそれと、ソクラテスが最後に挙げた魂の転生に触れているのです。

ソクラテスがあの午後、いたずらに感傷にひたることなく友人たちと議論を戦わせながら最後の別れを告げたというのは、心に留めておいていいでしょう。彼は妻と子供たちを牢から出ていかせると、泣き出した友人のひとりをも追い出そうとしました。彼は

（8）パスカル自身の文章は「中心がどこにもあり、円周がどこにもない無限の球体」となっている。
（9）『ジョン・ダン全詩集』湯浅信之訳、名古屋大学出版会。

心静かに会話を続けたい、つまり、いつもと変わりなく会話を、思索を続けたかったのです。自分の死のことなどどうでもよかったのです。自分の果たすべき務め、習慣はそういうことでなく、べつなところ、つまり議論、自分の死とはかかわりのない議論をしようとしたのです。

なぜ彼はドクニンジンを仰いだのでしょう？　理由などありませんでした。

ソクラテスは奇妙なことを言っています。「オルフェウスは小夜鳴鳥に、人々の導き手であるアガメムノンは鷲に、オデュッセウスは奇妙なことに人々の中でもっとも慎ましやかで、知られることのない人間に生まれ変わったにちがいない」。ソクラテスは話を続けますが、死が彼の口を閉ざします。すでに毒を仰いでいたので、冷たい死が足もとから這い上ってきたのです。最後に彼は友人のひとりに、《私は間もなく死ぬだろうが、生の病を癒してくれたアスクレピオスには、雄鶏一羽の借りがあるので、忘れずに返してほしい》と言います。これはつまり、自分はひとりで死んでいくという意味ですが、そうすると前言を翻したことになってしまいます。

別の古典のテキスト、つまりルクレティウス（ティトゥス・ルクレティウス・カルス。前九四頃〜前五五頃。ローマの詩人、哲学者）の『物の本質について』の中では、個人の不死性が否定されています。ルクレティウスの論証の中でもっとも記憶に値するのは、人は死ぬことを嘆き悲しむという一文です。人は、自分が死ねば未来がすべて否定されると考えます。これはヴィクトル・ユゴーが詩の中で、「ぼくは祝祭の中をひとりで行くだろう、光り輝く幸せな世界には何ひとつ欠けたものがないだろう」と歌ったのと同じです。ダンの詩と同様いくぶん気取ったところのある偉大な詩、つまり『物の本質について』、もしくは『事物の入り組んだ本質について』の中で、ルクレティウスは次のように言っています。「お前たちは未来が失われると言って悲しんでいるが、自分よりも前に無限の過去があったことを思い返してみるがいい。お前が――とルクレティウスは読者に語りかける――生まれ落ちた時、カルタゴとトロイアが世界の覇権を争って戦っていた時代はすでに過去のものになっていたはずだ。その戦いがお前とは何のかかわりもないのなら、これから先起こることをどうして思い煩う必要があるのだ。お前はすでに無限の過去を失っている、だとすれば無限の未来を失ったところで、何も悲しむことはない」(10)。ルクレティウスは以上のように歌っていますす。私はラテン語があまり読めないので、先日辞書の助けを借りて読み進んだので

(10)『物の本質について』(樋口勝彦訳、岩波文庫)の第三巻の末尾にこれに似た一節が出てくる。

すが、残念ながら彼の詩を覚えるところまで行きませんでした。

この問題に関しては、ショーペンハウアーがもっとも権威ある哲学者だと思いますが、彼ならおそらく転生の理論は別の理論が通俗化したものにほかならないと言うでしょう。そしてこの理論はのちに、ショーとベルクソンによって生の意志の理論として提起されることになります。生きたいと願う何ものか、物質を通して、あるいは物質であるにもかかわらずひたすら前進しようとする何ものかが存在します。その何ものかをショーペンハウアーは意志と名付けました。彼は世界そのものを復活の意志と見なしていました。

やがてショーが the life force（生命力）について語り、最後にベルクソンが élan vital（生の飛躍）について論じることになります。この《生の飛躍》はあらゆるもののうちに現れる生の衝動であり、われわれ一人ひとりのうちに息づいていて、宇宙を作り出しています。これは金属の中にあっては死んだ状態にあり、植物の中では眠り、動物の中では夢み、われわれ人間の中でのみ目覚めています。ここではじめて、先に引用した「知性は本来永遠であり続けたいと願っている」という聖トマスの言葉の意味が明らかになります。では、どのようにして永遠であり続けたいと願うのでしょうか？　知性は、「私はウナムノであり続けたい」と言ったウナムノのような、つまり個人的な形ではなく、全般的な意味で永遠であり続けたいと願うのです。

われわれにとって自我というのは取るに足りないものであり、自意識など何の意味もありません。私が自分をボルヘスだと感じ、あなた方がそれぞれ自分自身をA、B、あるいはCだと感じたとしても何の違いがあるでしょう。違いなどありません。そうした自我というのはわれわれ全員が共有していて、何らかの形ですべての被造物のうちにあるものなのです。したがって、個人のそれではなく、もうひとつのあの不死性は必要不可欠なものだと言えるでしょう。たとえば、ある人が自分の敵を愛したとすると、その時キリストの不死性がよみがえってきます。その瞬間、その人はキリストになるのです。われわれがダンテ、あるいはシェイクスピアの詩を読み返したとします。その時、われわれは何らかの形でその詩を創造した瞬間のシェイクスピア、あるいはダンテになります。ひとことで言えば、不死性は他人の記憶の中、あるいはわれわれの残した作品の中に生き続けることなのです。その作品が忘れ去られたとしても、気にすることはありません。

この二十年間アングロサクソン語の詩を研究してきたおかげで、私は多くの詩を暗記しています。ただ、作者の名前が分からないのです。ですが、それはどうでもいいことです。九世紀の詩を読み返して、その詩を作った誰か分からない人と同じ気持ちになれば、それでいいのです。その時、私の中に九世紀の名も知れない詩人が生きています。むろん、私ははるか昔に亡くなった詩人その人ではありません。われわれ一人ひとりは、何らかの形でこれまでに死んでいったすべての人間なのです。血のつながりのある人たちだけではないのです。

言うまでもなく、われわれは先祖の血を引いています。私はイギリスの詩を繰り返し朗読することがありますが、その時実をいうと自分が父と同じ声で朗読しているのだと分かっています。母が私にそう言ったのです(父は一九三八年、ルゴーネスが自殺した年に亡くなっています)。私がシラーの詩を朗読すると、その時父は私の中に生きています。私がこれまで話したことを聞いた人たちは、かつての父の声の反映である私の声の中に、自分たちの先祖の声を聞き取ることでしょう。われわれに分かっているのは、不死性を信じることができるということだけです。

この世界の中でわれわれはさまざまな形で協力し合っています。誰もがこの世界がもっとよくなるようにと願っています。もしこの世界が本当によくなれば(それが永遠の願いなのです)、もし祖国が救われれば(必ず救われることでしょう)、われわれは救済という一点で永遠の存在になるはずです。その時、自分の名が知られているかいないかは問題ではありません。そんなことは取るに足らないことです。大切なのは不死であることです。不死になるというのは、成し遂げた仕事の中で、他者の記憶に残された思い出の中で達成されるものなのです。そうした記憶はごく些細なこと、なんでもない言葉として残されることもあります。たとえば、「誰それだが、あいつがいなくてせいせいするね」といった言葉がそれです。このような言い回しを誰が考えたのか分かりませんが、この言葉を繰り返すたびに、自分が《誰それ》になったような気持ちに襲われます。あまり目立たないその困りものはすでに死んでいてもかまわないのです。なぜならその人物は私のうちに、その言葉を口にする一人ひとりの人のうちに生きているからです。

音楽や言語についても同じことが言えます。言語活動というのは創造的な営みであり、やがては一種の不死性に連なるものです。私はカスティーリャ語を使っていますが、私の中にはかつてカスティーリャ語を使った死者たちが数え切れないほど生きています。私の考えや判断などどうでもいいのです。われわれが世界の未来のため、不死性そのもののため、われわれの不死性のために休むことなく力を尽くしさえすれば、過去に生きた人たちの名前など気にすることはありません。そうした不死性は個人的なものではありません。姓名というのは本質的なものではありませんし、われわれの記憶もあやふやなものですから、無視していいのです。別の人生を送ることになっても、われわれは現在の記憶を保ち続けると考えるのはばかげています。まるで私が生涯にわたって、幼年時代やパレルモ、アドロゲー、あるいはモンテビデオのことを考え続けているようなものです。なぜいつもそこへ回帰していくのでしょう？　それは文学的なやり方なのです。私はそうしたことをすべて忘れて、生き続けていくでしょう。そうしたものは私が名指さなくても私の中で生き続けていくでしょう。おそらくもっとも大切なことは、事細かに正確に思い出すことではない。もっとも大切なことは、意識せずに思い出すことなのでしょう。

最後に、私は不死を信じていると申し上げておきます。むろん個人のそれではなく、宇宙的な広がりをもつ広大無辺の不死です。われわれはこれからも不死であり続けるでしょう。肉体的な死を越えてわれわれの記憶は残り、われわれの記憶を越えて、われわれの行動、われわれの行為、われわれの態度物腰、世界史の驚くべき一片は残るでしょう。しかし、われわれはそのことを知らないでしょうし、知らない方がいいのです。

一九七八年六月五日

エマヌエル・スヴェーデンボリ

ヴォルテールはカルル十二世（一六八二〜一七一八。スウェーデン国王）がもっとも非凡な人物であると言っていますが、史上もっとも非凡な人物という最上級の表現を用いるのであれば、カルル十二世の家臣の中でもとりわけ神秘的な人物として知られるエマヌエル・スヴェーデンボリの名を挙げなくてはならないでしょう。ここでは、スヴェーデンボリの人となりについて少し触れ、そのあとわれわれにとってもっとも重要な問題である彼の教養を取り上げていくことにします。

エマヌエル・スヴェーデンボリは一六八八年、ストックホルムに生まれ、一七七二年、ロンドンで亡くなっています。あの頃の人たちが短命だったことを考えると、一世紀近く生きたスヴェーデンボリは大変長生きだったと言えます。彼の生涯は三つの時期に分けられるのですが、そのいずれにおいても実に活動的で、休息ということを知りませんでした。三つの時期はそれぞれ二十八年が一区切りになりますが、最初の二十八年間はひたすら勉学に励みました。父親がルター派の牧師だった関係で、スヴェーデンボリは幼い頃から、恩寵による救済をその厳格な教義の基礎においているルター派の考えをたたき込まれたのですが、彼はそれを信じていませんでした。彼の体系、彼が説いた新しい宗教においては、真の行為による救済について語られています。彼の言う行為とは、ミサをはじめとするさまざまな儀式を指すものではありません。それは真の行為、つまり精神はもちろん、奇妙なことに知性までをも含む形での、全人格的な行為なのです。

スヴェーデンボリは聖職者の道を歩もうとしますが、やがて科学、とりわけ実践的な科学に関心を抱くようになります。彼の死後に発明されたさまざまなものを、あの時代にすでに先取りしていたことが近年明らかになっています。たとえば、カントとラプラース（ピエール・シモン、一七四九〜一八二七。フランスの数学者、物理学者、天文学者）が唱えた星雲説の仮説がそれです。彼はまた、レオナルド・ダ・ヴィンチと同じように、空中を飛行する乗り物を考えついていました。実用に適さないことを知りつつも、今日われわれが飛行機と呼んでいる乗り物への可能性を開くであろうものを構想していたのです。また、フランシス・ベーコンが予見していた、水中を進む乗り物を考え出してもいました。奇妙なことに、彼はその後鉱山学に興味を持ち、ストックホルムにある鉱山局の臨時監督官になっています。解剖学にも関心を抱いたのですが、これはデカルトと同じように、精神と肉体が結びついている正確な場所を知りたいと思ったからにほかなりません。

エマソンは、「残念なことに、彼はわれわれに五十巻もの書物を残している」と述べていますが、そのうち、少なくとも二十五巻は科学、数学、天文学に関するものです。ウプサラ大学は彼のために天文学教授の職を用意したのですが、理論嫌いの彼はその申し出をあっさり断りました。このことからも推測できるように、彼は実践的な人間なのです。その後、カルル十二世に招かれて軍事関係の技師になります。英雄カルル十二世と未来の見神者は、互いに協力し合って驚異的なことをやってのけました。カルル十二世は神話的ともいえる数々の戦争を行いましたが——この点については、ヴォルテールが美しい文章で記録を残しています——、そのひとつでスヴェーデンボリは船舶を陸上輸送する機械を発明し、実際に戦艦を二十マイルにわたって陸上輸送したのです。

その後スヴェーデンボリはロンドンへ行き、そこで大工、黒檀の指物大工、印刷工、道具を作る職人の技術を身につけました。さらに世界地図まで描いています。まさに実践の人と言うほかはありません。ここで思い出されるのが、《スヴェーデンボリほど現実に即した人生を送った人間はほかにいなかった》というエマソンの言葉です。彼の学問的、実践的な業績を考える場合は、そのことを忘れてはなりません。しかも、彼は政治家、すなわち王国の参事でもあったのです。五十五歳の時には、すでに鉱山学、解剖学、幾何学に関する書物を二十五巻ばかり出版していました。

その頃、彼の身に重大事件が起こります。それが啓示です。ロンドンに滞在している時、最初のさまざまな夢――この夢は日記に書かれています――を見て、啓示を受けたのです。夢の内容は公表されていませんが、エロティックなものであったことは分かっています。

そのあと霊的な訪れがありましたが、これを狂気の現れだとみなす人もいます。しかし、彼の著作の明晰さ、そのどこを見ても狂人のたわごととは思えないという事実から、狂気に襲われていたとは考えられません。

自説を語る時、彼はつねに実に明快に書いています。ロンドン時代、彼が道を歩いていると、見知らぬ人があとをつけてきて、そのまま彼の家に入り込み、自分はイエスだと名乗った上で、教会は現在――イエス・キリストが現れた頃のユダヤ教会のように――衰退の一途をたどっている、あなたはこれから第三の教会、エルサレムの教会を創設して教会を新たによみがえらせなければならない、と彼に語ります。

ばかばかしくて信じられない、と思われるかもしれませんが、こうしたことがスヴェーデンボリの著作の中に書かれています。彼の著作は膨大な量に上り、文体は平静そのものです。どんな場合も彼は何かを証明しようとはしません。ここで思い出されるのが、《論証によって人を納得させることはできない》というエマソンの言葉です。スヴェーデンボリは権威をもって、それも穏やかな権威をもって語っているのです。

さて、彼の家を訪れたイエスは、あなたに教会を改革する使命をゆだねます、その代わりに他界を、無数の天国と地獄のある霊魂の世界を訪れることができるようにしますと言いました。さらに、聖書を研究しなければなりません、とも言いました。以後、スヴェーデンボリは聖書を原文で読みたいと考えて、二年間ヘブライ語を学び、その間一度も筆を執りませんでした。その後、改めて聖書を研究し、ついに自分の教義の基礎となるものを見出したと確信するようになったのですが、その方法は聖書のうちに自分たちが探し求めているものに対応する言葉があると考える、カバラ学者のそれにいくぶん似たところがあります。

ひとまず、彼が考えた他界と個人の不死性（彼はそれを信じていました）について見ていくことにしましょう。そうすれば、彼の思想の根底にあるのが自由意思だということが理解できるはずです。文学作品として大変美しいダンテの『神曲』を見ると、自由意思は死の瞬間に消滅すると書かれています。死者たちは裁きを受けたのち、それぞれ天国、あるいは地獄に送られます。ところが、スヴェーデンボリの著作ではそのようなことはまったく起こりません。彼はこう言っています。人は、自分が死んでも、まわりの様子が少しも変化しないので、死んだことに気がつきません。死後も自分の家で暮らし、友人が遊びに来たり、街を散歩することもできるので、まさか自分が死んでしまったとは思えないのです。しかし、やがてあることに気づきはじめます。そのあることとは、最初は喜ばしいものに思えるのですが、そのあと驚きに変わります。つまり、他界に移った人たちは、何もかもがわれわれの世界とは比較にならないほど生気にあふれていることに気がつくのです。

他界と言うと、漠然としてとらえがたい世界のように思いますが、スヴェーデンボリによれば実際はまったく逆で、他界では五感が地上にいる時よりもはるかに生き生きと活動しているそうです。たとえば、色彩をとってみても、もっと豊かなのです。スヴェーデンボリの天上にいる天使たちは、どういう形であっても顔だけはつねに神の方を向いていますが、これは四次元の世界のようなものなのでしょう。ともあれ、スヴェーデンボリは、この世界よりも他界の方がはるかに精彩に富んでいると繰り返し述べています。色彩にしても、ものの形にしても、向こうの方がこの世界よりもはるかに生き生きとしています。何もかもがより明確で、手で触れることができます。ですから、自分が何度となく訪れた天国と地獄のある他界と比べてみると、この世界はつまるところ影のようなものでしかないと言い切っています。つまり、われわれは影の世界に生きているわけです。

ここで思い起こされるのが聖アウグスティヌスのある言葉です。『神の国』の中で聖アウグスティヌスは、この世界よりも天国にいる方が官能の喜びは大きいにちがいない、なぜなら堕落が良きものをもたらすとは考えられないからである、と述べています。スヴェーデンボリも同じことを言っています。つまり、彼も他界にある天国と地獄における肉の歓びに触れて、それはこの世界におけるよりもはるかに大きいと言っています。

人は死後どうなるのでしょう？　最初は自分が死んだことに気づきません。いつもと同じように仕事をつづけ、友達と会い、彼らと会話を楽しみます。そのうちすべてが以前よりも生き生きとしていて、色彩もより豊かであることに徐々に気づきはじめ、驚きを覚えます。そして、《自分はこれまでずっと影の中で生きてきたが、今は光に包まれている》と感じるようになり、短い間ですがそのことを喜ばしく思うようになります。

やがて、見知らぬ人たちがそばに来て話をするようになりますが、彼らが天使であり、悪魔なのです。天使は神によって創造されたものではないし、悪魔もまた神の創造ではない、とスヴェーデンボリは言っています。天使というのは、天使にまで自らを高めた人間であり、悪魔は自らを堕落させて悪魔になった人間にほかなりません。したがって、天国と地獄の住民とは人間であり、その人間が天使でもあれば、悪魔でもあるわけです。天使が死者のそばに近づいていきます。神はいかなる人も地獄に堕とされません。神はすべての人が救われることを願っておられるのです。

同時に、神はすべての人に自由意思を与えられましたが、この恐るべき特権によって地獄に堕ちるか、天上に昇るかが決まります。つまり、自由意思が人の死後も保持される、とスヴェーデンボリは考えています――正統的な教義ではそれは一時中断されます。天上と地獄の間に中間的な世界があり、そこが霊魂の住む場所です。人は死後、霊魂となってそこへ行き、天使と悪魔を相手に会話をするのです。その時に重大な瞬間が訪れるのですが、その期間は一週間のこともあれば、一カ月、あるいは数年続くこともあり、誰にも分かりません。重大な瞬間が来ると、人は悪魔に、あるいは天使になる決意をします。一方を選べば、地獄に堕ちます。そこは渓谷になっていて、その向こうには深い亀裂の入った土地が広がっています。亀裂の谷底になった箇所は地獄につながっていて、高くそびえている箇所は天上に通じています。死者は道連れになってくれる人を見つけ、話をしながらその気の合う人と一緒に歩いていきます。悪魔に似た気質の人は悪魔を道連れに選び、天使のような気質の人は天使を選び取ります。その点についてもっと詳しく知りたい人は、バーナード・ショーの『人と超人』の第三幕を読まれるといいでしょう。ショーは私よりもはるかに雄弁にこの点について語っています。

なぜかショーはスヴェーデンボリについて何も語っていません。おそらく彼は、ブレイク、あるいはスヴェーデンボリ自身の説を通してそのことを知ったのでしょう。というのも、ジョン・タナー(1)の思想体系のうちには、名前こそ挙げられていませんが、スヴェーデンボリの影響がはっきり読み取れるからです。ショーはスヴェーデンボリの説を剽窃したのではなく、心からそう信じるようになったと私は推測しています。ウィリアム・ブレイクは、スヴェーデンボリがすでに予言していた救済の理論を自分なりに作り上げようとしたのですが、そのブレイクを通してショーも同じ結論にたどり着いたと考

(1)バーナード・ショーの『人と超人』の登場人物。

えられます。

ともあれ、死者は天使と話をし、悪魔と会話します。そのどちらにより強く惹かれるかは、その人の気質によるでしょう。自ら地獄に堕ちていく人たち——神は人を地獄に堕とされたりしません——は、悪魔により強く惹かれたということです。では、地獄とはどのようなところなのでしょう？　スヴェーデンボリは、地獄にはさまざまな顔があると言っていますが、それはおそらくわれわれにとって、あるいは天使にとってそう見えるということでしょう。そこは沼沢地になっていて、その中に大火に見舞われて荒廃したような町があります。地獄に堕ちた人たちは、そこにいて幸せだと感じています。つまり、彼らなりに幸せなのです。そこに住む人たちは憎しみを抱いて生きており、その王国を統べる君主はいません。彼らはつねに陰謀を企てています。これはつまり、低級な政治の世界、陰謀の支配する世界にほかならないのです。地獄というのはそのような世界です。

次に天国ですが、地獄と対をなしているここは地獄とは正反対の世界です。スヴェーデンボリによれば——ここが彼の説ではもっとも難解な箇所です——、悪魔の力と天使の力は均衡を保っています。世界が存続するためには、この均衡が不可欠なのです。この均衡の中で、神が一切を統べておられます。地獄にいる魂はそこにいる方が幸せだと感じているからこそ、神はそれを容認しておられるのです。

スヴェーデンボリは、地獄に堕ちた魂が天上に昇ってきた時のことを次のように語っています。天上にたどり着いた魂はそこのかぐわしい香りに包まれ、あちこちで交わされる会話に耳を傾けますが、すべてがいとわしいものに思われます。彼にとってかぐわしい香りは悪臭にほかならず、光は闇以外の何ものでもないように思え、あたふたと地獄に逃げ帰ります。地獄にいる方が幸せだったからです。天上は天使の世界です。地獄全体は悪魔の形をしていて、天国は天使の形をしている、とスヴェーデンボリは付け加えています。天界は天使の社会で形作られていて、神が、太陽に象徴される神がおられます。

太陽が神にあたるわけですから、西側と北側にあるのが最悪の地獄ということになります。それに比べると、東と南にある地獄はそれほどひどくはありません。しかし、人はそこに堕とされるのではないのです。人はそれぞれ自分の好みにあった社会を、自分の気に入った友連れを探し求めます。

天上に昇った人たちはたいてい思い違いをしています。彼らは天上でも絶えずお祈りを上げなければならないと考えています。もちろんお祈りを上げたからといってとがめられるわけではありませんが、二日、三日、あるいは数週間もすると、いいかげんうんざりしてしまい、天上というのはこのようなところではないはずだと考えるようになります。そして、神様にへつらったり、褒めたたえたりするようになります。神はもちろん阿諛追従を好まれません。その人たちは神におもねるのにもうんざりしてしまい、こんなことなら気の合う人としゃべっている方が幸せだと考えるようになります。しかし、しばらくするとまたしても自分の愛する人や名高い英雄も、前世でそうだったように天上にいてもやはり退屈な人間だということに気づきはじめます。何もかも面白くもなんともないことに気づきはじめます。その時に、天上での真の仕事がはじまります。ここで思い出されるのがテニソンの詩で、彼は、霊魂は金の椅子を求めたりしない、今のまま生き続け、永遠でありたいと願うだけである、と歌っています。

つまり、スヴェーデンボリの言う天上とは、愛、とりわけ労働の支配する世界、愛他的な世界なのです。天使はそれぞれ他の人たちのために、つまりすべての人が他者のために働くのです。そこは受動的な世界でもなければ、何かの償いとしてもたらされる世界でもありません。人が天使のような気質をそなえていれば、その人は天上に昇って、そこで幸せに暮らすでしょう。しかし、スヴェーデンボリの天上をつぶさに観察すると、そこがほかの天上とまったく違うことに気づくはずです。そこは知的な天上なのです。

スヴェーデンボリはある男にまつわる次のような痛ましい話を伝えています。男は生前、何としても天上に昇りたいと考えて五感の喜びをすべて捨て去りました。つまり、すべてを捨てて隠遁生活に入ったのです。ひたすら祈りを上げて、天上を希《こいねが》いました。つまり、自らを貧しくしていったのです。やがて男は亡くなりますが、その後どうなったでしょう？　死後、男は天上に昇ったものの、向こうでは扱いに困ってしまいます。彼は天使たちの会話に耳を傾けるのですが、まったく理解できません。学術を学ぼうとつとめます。あらゆることに耳を傾け、すべてを学ぼうとしますが、心が貧しくなっているために、何も学び取ることができないのです。要するに、彼は正しい人ですが、心が貧しいのです。そこで、あるイメージを思い描く力が彼に与えられます。男は砂漠を思い浮かべるのですが、そこでも天上にいながら地上で暮らしていた時と同じように祈り続けます。というのも、男は生きる喜びと快楽をすべて断ち切ることによって自分の人生を貧しいものにし、苦行を通して天上に値しない人間になってしまったと気がついたからです。こうした生き方もまた間違いなのです。

それまで、救済は倫理的なものと考えられていました。《天上の王国は心貧しき者たちのものである》というようなイエスの言葉からもうかがえるように、心さえ正しければ人は救われるはずだと考えられていました。しかし、スヴェーデンボリはそうした考えを刷新した、つまり、さらにその先まで進んだのです。彼は、それだけでは十分ではない、人は知的な意味でも救済されなければならないと説いています。彼の思い浮かべる天上とは、天使たちが交わす一連の神学的な会話にほかなりません。そして、そうした会話についていけない人は天上に値しないのです。したがって、その人はひとりで生きていかなければなりません。その後、ウィリアム・ブレイクが現れて第三の救済を付け加えます。われわれは芸術を通しても救済される——そしてまた、そうでなければならない——と彼は言っています。キリストは言葉でなく、寓話を通して教えを説いたが、その意味でキリストもまた芸術家なのだと、彼は言うのです。たしかに、寓話というのは芸術的な表現です。つまり、知性、倫理、芸術の実践を通して人は救済され得るということです。

ここで思い出されるのが、スヴェーデンボリの長文に手を加え、表現を和らげたブレイクの文章です。彼は「愚者は、どれほど立派な聖人であろうとも、天上に昇ることはないだろう」、あるいは「聖性という衣を脱ぎ捨てて、知性という衣装をまとわなくてはならない」と書いています。

人は死後、霊魂の世界を訪れて、しばらくそこにとどまります。ある人は天国にふさわしく、べつの人は地獄に向いていることが明らかになるわけですから、われわれの前には三つの世界があることになります。実をいうと、神は天国だけでなく地獄も支配しているのです。つまり、天国だけを統べるというのでは、バランスを失するからにほかなりません。サタンというのは、ある地方の名称なのです。また、地獄界は陰謀が渦巻き、互いに憎み合っているくせに、ほかの人を攻撃するときだけは平気で手を握り合う人たちの住む世界ですから、そこにいる悪魔というのは変節漢にほかなりません。

その後、スヴェーデンボリは天国と地獄に住むさまざまな人たちと話をします。地上に新しい教会を創設するという使命があったので、そのようなことが許されたのです。では、スヴェーデンボリは何をするというのでしょう？　神の教えを説くのではなく、簡潔で難解なラテン語で書いた書物を匿名で出版し、それを普及させることだったのです。スヴェーデンボリは自分に残された三十年間をその仕事に捧げました。ロンドンに住み、質素な暮らしをし、口にするものと言えば牛乳とパン、それに野菜だけでした。

時々、スウェーデンから友人がやってくると、二、三日休息をとりました。

イギリスを訪れた時、かねてから天文学と万有引力の法則に強い関心を寄せていたスヴェーデンボリはニュートンに会いたいと思ったのですが、実現しませんでした。イギリスの詩に強い関心を抱いていた彼は、著作の中でシェイクスピアやミルトンをはじめイギリスの詩人たちに触れて、詩人の想像力をたたえていますが、これは彼が芸術的感性に恵まれていたことをよく物語っています。スウェーデン、イギリス、ドイツ、オーストリア、イタリアといった国々を巡り歩いた時は、工場や貧民街に足を向けたという話はよく知られています。彼は音楽もたいへん好きでした。つまり、彼はあの時代の回国の騎士だったのです。やがて、裕福な暮らしをするようになります。当時、召使たちはロンドンにある彼の屋敷(そこは最近取り壊されました)の一階に住んでいました。彼らはスヴェーデンボリが天使と会話を交わしたり、悪魔と議論を戦わせたりしているところをよく見かけたそうです。人と話している時は、決して自分の考えを相手に押し付けようとはしませんでした。彼は自分の幻視をからかいの種にされまいとしていたのです。だからといって、それを相手に信じ込ませようともしませんでした。そういう場合は、さりげなく話題を変えたのです。

スヴェーデンボリとほかの神秘主義者との間には本質的な違いがあります。たとえば、サン・ファン・デ・ラ・クルス（一五四二〜九一。スペインの神秘思想家）を見ますと、法悦に関して実に生き生きとした描写をしています。エロティックな経験、あるいはワインについて語るような比喩を用いているのです。ある人物が神と出会った時のことを語ると、その神は彼に生き写しなのです。ここには明らかに比喩の体系があります。それにひきかえ、スヴェーデンボリの著作にはそのようなものはまったく見当たりません。彼の書くものは、見知らぬ土地を旅して、平静な目で観察し、その様子を事細かに描き出していく旅行者の記述を思わせます。

したがって、厳しく言えば彼の著作を読むのは必ずしも楽しいとは言えません。まず、驚かされ、次いで少しずつ楽しめるようになるのです。私が読んだのはエヴリマンズ・ライブラリーに入っている四巻本の英語訳ですが、聞くところによるとエディトーラ・ナシオナル出版社から彼の選集のスペイン語訳が出ているそうです。スヴェーデンボリを取り上げたエマソンのすばらしい講演の速記録にも目を通してみました。エマソンは世界の代表的な人物を俎上に載せて論じた一連の講演を行っていますが、内容は以下のようなものです。「ナポレオン、もしくは世界人」「モンテーニュ、もしくは懐疑の人」

「シェイクスピア、もしくは詩人」「ゲーテ、もしくは文学者」「スヴェーデンボリ、もしくは神秘主義者」。私はこの講演集を通してはじめてスヴェーデンボリのことを知ったのですが、記憶に値するその講演を読むと、彼は必ずしもスヴェーデンボリの考えに賛同しているようには思えません。スヴェーデンボリの記述が詳細すぎる上に、その判断が独断的すぎるところが気に入らなかったと思われます。そう言えば、スヴェーデンボリは著作の中で何度となくこれは事実だと強調し、くどいほど同じことを言っています。それに、彼はアナロジーを用いようとしません。言ってみれば、彼は不思議の国の探訪者なのです。数々の天国と地獄を巡り歩き、その時の体験を事細かに語っているだけなのです。ここでスヴェーデンボリの別のテーマを取り上げてみましょう。照応の理論がそれです。彼が照応を思い付いたのは、聖書の中に自分の教義を見出そうとしたからではないかと、私は考えています。彼は、聖書の一つひとつの単語には少なくとも二つの意味が込められていると述べています。ちなみに、ダンテは聖書の章句にはそれぞれ四つの意味が秘められていると信じていました。

すべては読まれた上で解釈されなければなりません。たとえば、光という言葉を取り上げてみますと、彼にとってその単語はひとつの隠喩、つまり真理の明白な象徴なのです。馬という言葉を取り上げてみると、馬は人をある場所から別の場所へと運んでいくわけですから、知性を意味することになります。つまり、彼は一個の完全な照応の体系を持っているわけで、その意味ではカバラの研究者にとてもよく似ていると言えます。

その後彼は、地上のあらゆるものは照応に基づいていると考えるようになりました。創造とは秘められた記録文書であり、解釈されるべき暗号なのです。また、あらゆる事物は、われわれに理解できないものと字義通りのものをのぞいて、すべてが言葉なのです。

スヴェーデンボリから少なからず裨益を受けているカーライルの《世界史とはわれわれが読み、かつ永遠に書き続けなければならない文書である》という言葉がここで思い出されます。彼が言うように、われわれはつねに世界の歴史を目の当たりにし、その舞台に役者のひとりとして登場しています。すなわち、「われわれは神聖なテキストの中に書き込まれているのである」。自宅に一冊の照応の辞典があるのですが、聖書の言葉がひとつ残らず収録されているその辞典をひもとくと、すべての単語についてスヴェーデンボリが与えた霊的な意味が分かるようになっています。

彼は何よりも宗教的行為による救済を信じていました。その救済には心の働きだけでなく、頭脳の働きによる救済も含まれていました。つまり、知性による救済のことです。彼にとっての天上とは、何よりも神学的考察が果てしなく続けられる世界です。天使たちはそこで会話を交わしています。そこはまた、愛で満たされてもいます。結婚までもが容認されているのです。つまり、地上における官能的なものすべてが認められているのです。彼はいかなるものも否定したり、より貧困なものにしようとしません。

現在、スヴェーデンボリ派の教会がひとつあります。たしか、アメリカのどこかにガラス張りの大寺院があるはずです。彼の信者はアメリカ、イギリス(とりわけマンチェスター)、スウェーデン、ドイツに何千人もいます。ウィリアムとヘンリー・ジェイムズの父親もスヴェーデンボリの信者だったはずです。私はアメリカで大勢のスヴェーデンボリの信者に出会いましたが、あの国には今もスヴェーデンボリの著作を出版したり、英語に翻訳している協会があります。

スヴェーデンボリの著作はヒンズー語や日本語を含む数多くの言語に翻訳されていますが、奇妙なことにあまり大きな影響を及ぼしていません。現在までのところ、彼が望んでいたような教会の刷新は行われていません。プロテスタントの教会がローマの教会に対して持つのと同じ意味合いを持たせ、キリスト教を刷新しようと、スヴェーデンボリは新しい教会を創設しました。

全面的にというわけではありませんが、彼はプロテスタントとローマの教会に不信感を抱いていました。しかし、自分が考えていたほどの大きな影響を与えることはできなかったのです。スカンディナヴィアの人々の運命はどれも、夢とガラスの球体の中の出来事のように思えますし、彼の試みもそのひとつだと言えなくはないでしょう。スヴェーデンボリの場合も例外ではありません。たとえば、ヴァイキングたちはコロンブスよりも何世紀も前にアメリカ大陸を発見していますが、それだけのことでした。小説というジャンルはアイスランドのサガ(2)とともに生まれたのですが、この文学的創造は世界に広く伝播することはありませんでした。世界的な人物——たとえば、カルル十二世のような人物——がいるにもかかわらず、われわれが最初に思い浮かべるのはカルル十二世よりもはるかに劣る軍事的功績しか挙げていないほかの征服者たちです。スヴェーデンボリは世界中にある教会を刷新しようと考えていたのですが、彼の思いもまたスカンディナヴィア人の運命と同じように夢のようにはかないものでした。

（2）十二、三世紀の古アイスランド語による散文の物語。

国立図書館にはスヴェーデンボリの『天国、地獄、奇跡について』が一冊あることは分かっていますが、神学関係の本を扱っているどの書店へ行っても彼の著作はまず見つかりません。しかし、彼はほかの神秘主義者ほど単純ではありませんでした。神秘主義者たちは自らの法悦の体験を、文学的と言ってもおかしくない表現を用いてわれわれに伝えようとしています。だからこそ、はじめて他界を訪れた探検家であるスヴェーデンボリの言葉にわれわれは真剣に耳を傾けなくてはならないのです。

ダンテも地獄と天国について書いていますが、われわれはそれを文学的なフィクションとして読んでいます。そこで語られていることすべてが彼自身の体験だと信じる人はいません。ダンテは苦心して韻文を書いているのですが、たしか彼はそれまで韻文を書いたことがないはずです。

スヴェーデンボリの残した膨大な著作の中に『神の摂理』(3)と題されたものがあります。これは天国と地獄を取り上げたすぐれた著作として特に推奨したい作品です。この本はラテン語をはじめ、英語、ドイツ語、フランス語に訳されていて、スペイン語にも訳されているはずです。この作品で彼はきわめて明解に自分の教義を語っており、狂人の手になるものだと考えるのはばかげています。狂人であれば、あそこまで明晰な文章を書くことはできなかったでしょう。スヴェーデンボリは自分の学問的著作をすべて破棄したのですが、その時点で彼の人生は一変しました。つまり、その時点で彼は、学問的研究は別の著作を書くための神聖な準備であったと、考えたのです。

彼は何度となく天国と地獄を訪れ、天使やイエスを相手に会話を交わし、隠喩や誇張をまじえないきわめて平静で明晰な散文でその時のことをわれわれに語っています。そこでは記憶に値する数多くの挿話が語られています。天上に昇りたいと願っていたのに、自分の人生を貧しいものにしてしまったために、結局砂漠で暮らす羽目になった男の話がそれです。スヴェーデンボリはより豊かな人生を送ることによって、自分を救済することができるのだと語っています。つまり、正義、徳、そして知性を通して自らを救済せよと説いているのです。

その後、ブレイクが現れて、人間が自らを救済するためには芸術家にならなければならないと付け加えます。つまり、三つの救済が存在しているのです。われわれは善意、

（3）テキストでは、"La religión cristiana en la Providencia Divina" となっているが、そのまま訳すと『神の摂理におけるキリスト教』となる。ボルヘスの文章からして、スペイン語に訳されたこの作品はスヴェーデンボリの『神の摂理』と考えられる。

正義、抽象的な知性、この三者を通して自らを救済しなければなりませんし、さらに芸術的実践を通しても自らを救うことができるのです。

一九七八年六月九日

探偵小説

ヴァン・ウィック・ブルックス（一八八六〜一九六三。アメリカの文芸批評家）の著書に『ニュー・イングランドの開花』というのがあります。著者はこの中で、占星術でも使わなければ説明のつかない驚くべき事実に触れています。つまり、十九世紀前半にアメリカのごく狭い地域で数多くの天才が花開いたのです。言うまでもないことですが、私はたぶんにオールド・イングランドのような雰囲気をたたえたあのニュー・イングランドが大変気に入っています。天才の名を挙げるのはいたって簡単で、たとえば、エミリー・ディキンソン、ハーマン・メルヴィル、ソロー、エマソン、ウィリアム・ジェイムズ、ヘンリー・ジェイムズなどの名前が直ちに思い浮かびますし、もちろんその中にはエドガー・アラン・ポーも含まれています。ご存知のように私の記憶はあまりあてにならないのですが、ポーはたしか一八〇九年、ボストンで生まれたはずです。探偵小説について語ろうとすれば、エドガー・アラン・ポーを避けて通れませんが、その前に片づけておかなければならない些細な問題が残されています。つまり、文学的なジャンルは果たして存在するのか、というのがそれです。

周知のように、クローチェ（ベネデット、一八六六〜一九五二。イタリアの歴史家、哲学者）は――あの恐るべき書物――『美学』の中で、次のように言っています。「一冊の本を取り上げて、これは小説であるとか、寓喩であるとか、芸術論であると断定するのは、その本が黄色い表紙であるとか、棚の三段目の左の方にあるというのと変わるところはない」。つまり、一冊一冊の本は存在するが、ジャンルというものはないということです。この意見に異論をさしはさむとすれば、たしかに個々の本は独立して存在しているが、それらを正しく定義付けようとすれば、どうしても一般化せざるを得ないと言う以外はないでしょうし、この言い方自体が一種の一般化を含んでいるので、彼ならそのような考えは容認しがたいと答え返すでしょう。

ともあれ、考えるということは一般化することであり、何かを断定しようとすれば、あの便利なプラトン的原型を持ち出さざるをえません。それなら、ジャンルは存在するとどうして明言しないのかと言われるかもしれません。ここで自分の考えを述べておきます。文学上のジャンルはおそらくテキストそのものよりも、テキストの読まれ方にかかわっているのではないかということです。というのも、芸術的行為というのは読者とテキストの両方が不可欠であり、この両者がひとつになってはじめて存在するからです。一冊の書物がそれ以上の何かだと考えるのはばかげています。書物というのは、読者がそれをひもといてはじめて存在しはじめるのです。その時に芸術的現象と呼びうるものが生じます。つまり、読者が一冊の書物をひもといた瞬間に、本が誕生するのです。

現代の読者の一典型として挙げられるのが、探偵小説の読者です。世界中に何百万人といるこの種の読者を作り出したのが、ほかでもないエドガー・アラン・ポーです。ここで、そのような読者が存在しないと仮定するか、あるいはもっと興味深い仮説を立ててみましょう。つまり、われわれとまったく違う人間を思い浮かべてみるのです。ペルシア人、あるいはマレー人、教養のない人物、幼い子供を思い浮かべて、その人に『ドン・キホーテ』を渡して、これは探偵小説だと教えます。その人はすでに探偵小説を読んだことがあり、これから『ドン・キホーテ』を読みはじめるわけですが、では、その人はいったいどのような読み方をするでしょう。

「ラ・マンチャのさる村に、名は思い出したくないが、さほど前のことでもない、ひとりの郷士が住んでいた……」(会田由訳)。ここまで読み進んだところで、その読者の脳裏にはさまざまな疑念が思い浮かんでくるでしょう。というのも、探偵小説の読者は、不信感と猜疑心、それも特異な猜疑心に捕らえられて本を読みはじめるからです。

たとえば、「ラ・マンチャのさる村に……」という一節を読んで、なるほど、事件はラ・マンチャでは起こらなかったのだなと考えます。ついで、「名は思い出したくないが……」という一節に移ると、どうしてセルバンテスは思い出したくないのだろう、そうか、彼は殺人犯か犯罪者なのだなと推測します。さらに、「……さほど前のことでもない……」という一節を目にして、今から起こる事件はそのあとで起こる事件ほど恐ろしいものではないんだと考えるのです。

探偵小説は一風変わった読者を生み出しました。人がポーの作品を取り上げる時に、つねに見落としているのがこの点です。ポーは探偵小説の創始者として知られますが、その後、探偵小説特有の読者も生み出したのです。探偵小説を理解するには、ポーの生涯を頭に入れておかなければなりません。私はポーをロマン派の途方もない詩人と考えていますが、ポーという作家は、個々の作品よりもむしろ全作品、われわれの記憶の中にある作品全体の中においてそのとてつもない威容を現します。彼は韻文よりも、散文で力を発揮しました。エマソンはポーを《ザ・ジングルマン》、つまり、騒々しく鐘を鳴らす男、騒がしい男と評していますが、われわれが彼の詩の中に見出すのは、まさしくそのような詩人です。たしかに記憶に値する詩を残してはいますが、詩人としてのポーは、どう見てもずっと小ぶりにしたテニソンというところです。ポーはさまざまな影響をもたらしましたが、その彼からいったい何が生まれてきたでしょう?

もしあの二人がいなければ、現代文学は違ったものになっていただろうと考えられる作家がいます。二人はともにアメリカ人で、ひとりはウォルト・ホイットマン——彼から市民詩と呼ばれる詩が生まれ、ネルーダ(パブロ、一九〇四～七三。チリの詩人。一九七一年、ノーベル文学賞受賞)が生まれ、そのほか良いものも悪いものもひっくるめてさまざまなものが生まれてきました。もうひとりがエドガー・アラン・ポーで、彼からボードレールのサンボリズムが誕生しています。ボードレールはポーを師と仰いで、毎夜師のためにお祈りを上げました。そのポーから、一見関係がないように見えてその実きわめてよく似た二つのものが生まれてきています。つまり、文学を知的行為とみなす考え方と探偵小説がそれです。文学を精神でなく、頭脳の働きから生まれるものだとする前者の考え方は、きわめて重要な意味をもっています。後者の探偵小説も偉大な作家たち(スティーヴンソン、ディケンズ、そしてポーのもっともすぐれた後継者であるチェスタートンなどが挙げられます)に霊感を与えましたが、それはあくまでも第二義的なものだと思われるかもしれません。探偵小説はどうしても一段低く見られがちですし、しかも現在は低迷期にあります。SFが探偵小説を凌駕し、完全にとって代わっているわけですが、実をいうとポーはSFの生みの親のひとりだと考えられるのです。

さて、ここでもう一度、詩は頭脳が生み出した創造物であるという最初のテーマに戻ることにしましょう。このような考え方は、詩が精神の働きから生まれたものだとする伝統的なそれとは対立しています。ここに、聖書という途方もない作品があります。この中には作者、時代、テーマを異にする一連のテキストが収められていますが、それらはすべて不可視の人物、つまり聖霊の手になるものだと考えられています。つまり、聖霊、神々しい存在、あるいは無限の知性が国や時代を異にするさまざまな口述筆記者たちに、多種多様な作品を書き取らせたというのです。その中には、『ヨブ記』のような形而上学的な対話もあれば、『列王記』のような歴史、『創世記』のような神統記、さらには預言者たちのさまざまな預言までが収められています。作品は多岐にわたっていますが、それをわれわれはまるでひとりの作者が書いたかのように読んでいます。

われわれが汎神論者なら、人はそれぞれに異なっているという事実をさほど重く受け止めないでしょう。なぜなら、われわれは永遠の神性の異なった器官を構成しているからです。つまり、聖霊は程度の差こそあれ、われわれ一人ひとりのうちに内在しており、したがって彼はすべての書物を書き、すべての書物を読むことができるのです。

さて、ポーは周知のように不遇の生涯を送りました。四十歳で没するまで、アルコールに溺れ、うつ病と神経症に悩まされました。彼の神経症について事細かに語る必要はないでしょう。生まれ落ちた時からポーは不幸な宿命を担わされており、事実その通りの生涯を送りました。それだけを知っておけば十分です。彼はその不幸から逃れようとしてきらめくばかりの知性を駆使し、時にはひけらかしさえしました。ポーは自らをロマン派の大詩人、天才詩人と見なしていましたが、それは韻文ではなく散文を、たとえば「アーサー・ゴードン・ピム」を書き上げた時などにとりわけ強く感じていたにちがいありません。サクソン系の名前アーサーはエドガーであり、二番目のスコットランド系の名前ゴードンはアラン、ピムはポーにあたることからも分かるように、この三つの名前は作者のそれとぴったり符合しています。ポーは自身を知的な人間と考えていましたが、ピムもまた自分はあらゆることについて考え、すべてに対して正しい判断を下すことができる人間だと思っていました。誰もが知っているポーの有名な詩、それほどすぐれた作品ではありませんが、有名になりすぎた詩「鴉」を書き上げたあと、彼はボストンで講演を行い、この詩のテーマを見出すに至った経緯を次のように語っています。

最初に畳句《リフレイン》の効果に気づいた彼は、英語の音声学について考えはじめます。英語の文字の中でもっとも効果的で記憶に残る文字はoとrであることに思い当たった彼は、すぐにnever more(もはやない)という語を思い浮かべます。最初の着想はそれだけでした。やがて、べつの問題が生じてきます。つまり、詩の連の終わりで、ある人物が規則的にnever moreという言葉を繰り返すのは論理的ではないと考えたのです。その語を繰り返し使うためにそれなりの理由を考え出さなければなりませんでした。そこで、何も理性をそなえた人間に言わせることはない、それなら人語を話す鳥に言わせればいいと考えました。最初にオウムを思い浮かべますが、荘重な詩にオウムは似つかわしくないので、鴉に白羽の矢を立てます。ひょっとすると、彼は当時ディケンズの小説で、鴉の出てくる『バーナビー・ラッジ』を読んでいたのかもしれません。ともかく、そうして彼はnever moreという自分の名前を絶えず繰り返す鴉にたどり着いたのです。これが最初の着想でした。

ついで、思い浮かぶ中でもっとも悲しいこと、憂鬱なこととは何だろうかと考えました。それは美しい女性の死以外にあり得ません。では、その死を誰よりも深く悲しむのは誰か？　言うまでもなくその女性を失った男です。そこでポーは恋人と死別したばかりの男を思い浮かべますが、女性の方は never more と韻を踏むようにレノア Leonore と名付けられます。次は場所をどこにするかです。そこで彼はこう考えます。鴉は黒い色をしている、その黒さを引き立たせるにはどういう場所がいいだろう？　何か白いものと対比させればいいのではないか。だったら、白い胸像のそばがいい。では、誰の胸像か？　言うまでもなく、パラス・アテナ(1)です。では、どこにそれを配置するのか？　これは書斎以外にない。詩に統一感を与えるためには、どうしても閉じられた空間が必要なのだ、とポーは述べています。

このようにして、ミネルヴァの胸像は書斎に置かれることになりました。書斎では、ひとりの男が本に囲まれて座り、失った恋人を以前にも増して恋しく思いながら嘆きに沈んでいます。ついで、鴉が登場します。なぜ窓から鴉を入れなければならないのでしょう？　書斎が静かな場所なので、騒々しいものを登場させることで対照の効果を出すためです。彼は嵐を、それが原因で鴉が部屋に飛び込んでくる夜の嵐を思い浮かべたのです。

(1) ギリシア神話の女神のひとりで、学問、技芸、知識、戦争をつかさどるとされる。ローマ神話では後出のようにミネルヴァと呼ばれていた。

です。

男がお前は誰だと尋ねると、鴉はnever moreと答えます。何度尋ねても、never more, never more, never moreとしか答えませんが、男は自虐的になってなおも問い続けます。そしてついに鴉に向かって、「この心からお前の嘴を抜き去り、私の戸からお前のその姿を消してしまえ」(福永武彦訳)と言いますが、この箇所はこの詩の最初のメタファーとも考えられます。思い出、つまり不幸にも果てしない悲しみをもたらす追憶の象徴であるその鴉はなおもnever moreと鳴き続けます。男は残された生涯、現実から遊離した残りの生涯を、鴉を相手に話し続けなければならないと分かっています。それでもなお彼は問い続けるでしょうが、返ってくるのは分かり切った答えでしかありません。知的な手法で詩を書いたのだと、ポーはなんとかわれわれに理解させようとしますが、彼の立論を少し検討すれば、その論旨がいかに怪しいものかは容易に推測できるでしょう。

理性を持たない存在というのであれば、何も鴉には限りません。頭のおかしい人か酔っ払いでもいいのです。そうすればポーの詩はまた別のもの、より難解なものになっていたでしょう。以上のように、ポーは自分の知性を少々鼻にかけていたきらいがあると思われます。彼はある人物に自分を重ね合わせていますが、ポーが選び出した人物はわれわれとは遠くかけ離れた人物です。よく知られたあの人物、向こうはできるだけ親しくなるまいとしているのですが、どう見てもわれわれの友人である人物、つまり文学史上最初の探偵である勲爵士オーギュスト・デュパン(2)です。このフランス人の勲爵士、今はひどく零落しているフランスの貴族は友人と二人でパリの町はずれで暮らしています。

探偵小説にはもうひとつの伝統があります。つまり、謎は知性の働き、知的操作によって解明されなければなりません。ここでは、デュパンという名前のきわめて聡明な人物の手で謎が解き明かされていきますが、このデュパンはやがてシャーロック・ホームズ(3)と呼ばれ、さらにその後ブラウン神父(4)をはじめそのほかさまざまな名高い探偵に名前を変えて登場することになります。勲爵士シャルル・オーギュスト・デュパンは最初の探偵、典型、祖型ともいえる人物です。彼は友人と二人で暮らしていて、その友人が事件について物語るという趣向になっています。これも伝統的な手法のひとつで、ポーの

(2)ポーの短篇小説「モルグ街の殺人」「マリー・ロジェの謎」などに登場する探偵。
(3)アーサー・コナン・ドイル(一八五九〜一九三〇)の推理小説の主人公である私立探偵。
(4)G・K・チェスタートン(一八七四〜一九三六)の推理小説に登場する素人探偵。

死後長い年月が経ってからアイルランド系の作家コナン・ドイルの手でふたたび用いられることになります。性格を異にする二人の人物が友情を結ぶというのは、それだけでも魅力あるテーマですが、コナン・ドイルはうまく活用しています。ドイルが創造した二人の人物の友情は、ある意味でドン・キホーテとサンチョのそれを思わせます。しかし、キホーテとサンチョはついに完全な友情を結ぶことはありませんでした。これはまた、少年とヒンズー教徒の友情を描いた『キム』⑤の、あるいはアルゼンチンの大草原パンパに生きるカウボーイと少年の友情を描いた『ドン・セグンド・ソンブラ』⑥のテーマにもなっています。この友情というテーマはアルゼンチン文学においてはさまざまな形をとって現れていて、グティエーレス（エドゥアルド、一八五一〜八九。アルゼンチンの小説家）の多くの作品にもそれがうかがえます。

コナン・ドイルはワトソン医師という読者よりも知性が少し劣り、けっして頭がいいとは言えない人物を創造しました。もうひとりがシャーロック・ホームズで、いくぶん滑稽なところはあるものの、なかなか堂々とした人物です。設定ではこのシャーロック・ホームズが自らの知性を通して成し遂げた偉業を、友人のワトソンが物語るという形になっています。ワトソンは何でもないことにもすぐに感心する性質《たち》で、いつも見かけに騙されています。彼はシャーロック・ホームズに唯々諾々として付き従っているのですが、どうやら本人はその役どころが気に入っているように思われます。

ポーは自分が探偵小説というジャンルの創始者であるとも気づかずに、「モルグ街の殺人」という最初の探偵小説を書いたのですが、先に述べた特徴はすべてこの作品の中に出てきます。ポーは、探偵小説は写実的であってはならない、知的な、あるいはあなた方がお望みなら幻想的と呼んでもいいのですが、ともかくそのようなジャンルでなければならないと考えていました。ただし、その幻想性は単に想像力の産物というだけでなく、知的なものでもなければならないのです。知性と想像力の二つが必要とされるのですが、とりわけ知性が重要な意味をもっています。

犯罪事件が発生し、探偵が登場する舞台はニューヨークでもよかったはずですが、そうなると読者が、本当にこのようなことがあったのだろうか、それならニューヨーク警察は何とだらしないのだろうと考えるにちがいありません。その点、舞台をパリのサン＝ジェルマンのもの寂しい地区にすれば、作者も好きに書けますし、想像力ものびのび

（5）イギリスの小説家ラドヤード・キップリング（一八六五〜一九三六）の小説。
（6）アルゼンチンの小説家リカルド・グイラルデス（一八八六〜一九二七）の小説。

と働かせることができます。このようにして、小説に登場した最初の探偵《デテクティヴ》、文学史上最初の探偵は外国人、つまりフランス人ということになったのです。では、なぜフランス人でなければならなかったのでしょう？　それはこの小説の作者がアメリカ人であり、主人公を遠い異国の人間にしなければならなかったからです。登場人物の生活が普通の人と違っていれば、それだけで風変わりな人物というイメージを与えることができます。彼らは日が昇るとカーテンを閉め、ろうそくに灯りをともします。日が暮れると家を出て、眠っている大都会だけがもたらすあの果てしない藍色を求めて人気のないパリの町を散歩する、とポーは書いています。大勢の人が眠りについている町を歩きながら孤独を感じますが、それこそが思索に刺激をもたらすのです。

二人の友人が人影の途絶えた夜のパリを散策している姿がありありと目に浮かびます。彼らは何を話しているのでしょう？　哲学について、知的な問題について語り合っているにちがいありません。やがて、二人の婦人が惨殺されるという事件が起こります。その犯罪こそ幻想文学に描かれた最初の犯罪です。私なら、殺人よりも犯罪という言葉の方が強く響くので、タイトルを「モルグ街の犯罪」とするでしょうね。どう考えても侵入不可能な部屋で、二人の婦人が殺害されたのです。この作品でポーは、鍵のかかった密室の謎をはじめて取り上げたのです。婦人のひとりは扼殺され、もうひとりは喉を掻き切られていました。床には多額の金、四万フランの金貨が散乱し(7)、部屋の中は狂人の仕業を思わせるようにひどく散らかされていました。つまり、荒々しくぞっとするほど恐ろしい場面で幕が切って落とされるのですが、最後にはさしもの難事件も解決されます。

しかし、ポーの作品を読むまでもなく、どういうストーリー展開になるかはすでに分かっています。したがって、この作品における解決は通常の意味での解決とは異なっており、その点で大きなマイナスになっています。『ジーキル博士とハイド氏』の場合も、この二人が同一の人物だということが前もって分かっているので、似たようなことが言えますが、そのことを知っているのはポーの弟子のひとりであるスティーヴンソンの読者だけです。ジーキル博士とハイド氏の奇怪な事件の場合は、最初から二重人格というテーマが明かされています。それにしても、あの殺人事件の犯人が一頭のオランウータン、猿だといったい誰が考えるでしょう。

(7) ここはボルヘスの記憶違いで、原作では四千フラン近くの金貨が袋に入ったままになっていたとある。

ポーの作品では、答えが分かるようにある仕掛けが施されています。惨劇のあった部屋に飛び込んで、犯罪事件を発見した人たちの証言がそれです。彼らは全員が、フランス人の声と思われる唸り声を聞いているのですが、それは音節になっておらず、外国人のものと思われました。声を聞いたスペイン人は、ドイツ人のものだと言い、ドイツ人はオランダ人の声だと言い、オランダ人はイタリア人のものだと証言します。しかし、あの声は人間のものではなく、猿の声で、やがて真相が解明されますが、実を言うとわれわれは前もってその答えを知っています。

ですから、われわれはポーの作品を誤解する可能性があるのです。プロットの構成が脆弱なせいで、先の先まで読めそうな気がするのです。しかし、それはわれわれがすでにストーリーを知っているからで、はじめて探偵小説を手に取った読者の場合は事情がまったく違っていたはずです。彼らはまだ探偵小説になじんでいなかったのです。われわれはポーによって作り出された探偵小説の読者なのですが、彼らはそうではありませんでした。まだ探偵小説がどういうものかを知らなかったのです。探偵小説を手にするとき、われわれはすでにエドガー・アラン・ポーによって作り出された読者になっているのです。しかし、最初にポーのあの作品を読んだ読者は驚嘆の声を上げ、当時のほかの人たちもきっと同じように驚愕したことでしょう。

ポーは五編の探偵小説を残しています。ひとつは「おまえが犯人だ」と題された作品で、五編中もっとも出来の悪いものですが、それでものちにイズレイル・ザングウィル（一八六四〜一九二六。イギリスの探偵小説家）が『ビッグ・ボウの殺人』の中でこの作品を真似て、密室殺人を描いています。ポーの作品では意外な人物が犯人になっていますが、のちにガストン・ルルー（一八六八〜一九二七。フランスの小説家）が『黄色い部屋の秘密』で、犯人は実を言うと刑事だったという趣向でうまくそれを活用しています。次は、短篇小説の手本と言える「盗まれた手紙」、それに「黄金虫」です。「盗まれた手紙」のプロットはいたって単純です。一通の手紙がある危険人物に盗まれます。警察は犯人を知っていて、路上で二度ほど待ち伏せして身体検査をし、家宅捜索も行います。何ひとつ見落とさないようにと、家の中を細検して、顕微鏡や拡大鏡を用いて隅から隅まで徹底的に調べ上げます。さらに、書斎にある本も一冊残らずあらため、最近表装されたものは特に念入りに調べ、敷石のほこりまで調べ上げます。やがてデュパンが登場します。彼は、警察は担がれている、秘密の場所に隠すというのは子供でも思いつくことで、そのようなところに隠してはいないと断言しますが、事実その通りだったのです。デュパンは自分の友人でもある政治家のもとを訪れます。その時に、テーブルの人目につくところに引き裂かれた封筒が投げ出してあるのに目をとめます。これが誰もが探し求めていた手紙にちがいないと考えます。つまり、ものを隠す時に、わざと人目につくところに置いておくというやり方なのですが、そうするとかえって誰も怪しまないのです。ポーは探偵小説を知的なものだと考えていて、そのことを読者に伝えようとそれぞれの短篇の冒頭で分析に関して詳細な理論を展開したり、チェス論をぶったり、チェスよりもトランプのゲームであるホイスト、チェッカーの方が高級だという持論を展開しています。

ポーは五編の探偵小説を残していますが、次に「マリー・ロジェの謎」を取り上げてみましょう。これはもっとも面白くない作品ですが、五編中もっとも奇妙なものでもあります。ここでは、ニューヨークで実際にあった事件、たしか花売りの少女だったと思いますが、メアリー・ロジャーという少女が殺害された事件を扱っています。この作品は新聞記事の引用で埋め尽くされています。ポーは犯罪が行われた舞台をパリに移し、少女の名前もマリー・ロジェと変えて、犯罪がどのようにして行われたかを推理しています。実際に起こった事件の方はその後犯人が逮捕され、そのことによってポーの推理が正しかったことが証明されました。

探偵小説は知的なジャンルであり、完全な虚構の上に成り立っています。つまり、犯罪は密告によって暴かれるのではなく、抽象的な思考を得意とする探偵と、犯罪者側のちょっとしたミスによって明らかにされるのです。ポーは自分の書いている作品が写実的なものでないことをよく知っていました。だからこそパリを舞台に選んだのです。思索家の探偵は警官でなく貴族であり、それゆえに警察が嘲笑されることになります。すなわち、ポーは知の天才を創造したのです。彼は死後どのように評価されたでしょうか？　彼は一八四九年に亡くなったはずですが、同時代の偉大な詩人ウォルト・ホイットマンは追悼文の中でポーを評して次のように言っています。ポーはピアノの低音部しか弾けない演奏家でしかなく、アメリカの民主主義を代弁するような作家ではない——まさにその通りで、ポー自身もアメリカの民主主義を代弁するつもりなど毛頭ありませんでした。ホイットマンはポーに対して不当な評価を下していますが、その点はエマソンも同じです。

その反面、現代ではポーを過小に評価する批評家がいます。しかし、ポーの作品を全体として眺めると、やはり天才的な作家だと認めざるを得ません。個々の短篇を見ると、「アーサー・ゴードン・ピム」をのぞいてどれも難があるように思われますが、にもかかわらず、ポーの短篇は、全体として見事にひとりの人物を作り上げています。その人物はポーの創造した一人ひとりの人物を越えています。シャルル・オーギュスト・デュパンを越え、数々の犯罪を越え、もはやわれわれを脅かすことのない謎を越えて、その人物は生き続けています。

イギリスでは、探偵小説が心理学的な視点からとらえられていて、そのおかげで数々の傑作が生まれてきました。ウィルキー・コリンズの『白衣の女』『月長石』が代表的なものですが、その後もポーの偉大な後継者であるチェスタートンが現れてきました。この作家は、ポーのそれをしのぐような作品はまだ書かれていないと言っていますが、私にはチェスタートンの方がすぐれているように思えてなりません。ポーは「赤死病の仮面」や「アモンティリャードの酒樽」といった純粋な幻想譚を書く一方、先に挙げた五編の探偵小説のような推理をテーマにした作品も残しています。しかし、チェスタートンの場合は少し事情を異にしています。彼の短篇は一見幻想的に見えて、最終的に探偵小説としてのオチがちゃんとついているのです。ここで、一九〇五年だったか一九〇八年に発表された彼の作品「見えない人間」を取り上げてみましょう。

粗筋を手短にたどると、ロンドンの雪に覆われた丘の上のアパートにひとりの人形作りが住んでいて、コックや門番、女中などの機械仕掛けの人形を作っています。その男がある日、お前は間もなく死ぬだろうという脅迫状を受け取ります——この短篇はごく短いものですが、短篇の場合、短いということが重要なのです。男は機械仕掛けの人形の召使たちと暮らしていますが、それだけでも何となく薄気味悪い感じがします。人間に似た機械仕掛けの人形に囲まれてひとりで暮らしている男、というのですからね。その男のもとに、今日の午後、お前は死ぬだろうという手紙が届いたものですから、男は友人たちを呼び寄せます。彼らは人形と彼を残して警察署に向かいます。その時に彼らは門番に、誰かやってくるかもしれないのでしっかり見張っているように言い、さらに、巡査と栗売りにも人形作りのことを頼みます。三人はともに任せてくださいと答えます。一行が警察官を連れて戻ると、雪の上に足跡がついていました。家に近づいていく足跡はそれほど目立たないのですが、遠ざかっていく足跡は何か重いものを運んだように雪の上に深い跡を残しています。一行が家の中に入ると、人形作りの姿がどこにもありません。煙突の中をのぞくと、何かを燃やした灰が残っています。一同は、ひょっとするとあの人形作りは機械仕掛けの人形に食べられてしまったのではないかと不安になります。そこがこの作品の山場になっています。実に印象的な一節で、結末よりもはるかに強い印象を受けます。殺人犯はたしかに家の中に入っていったのです。栗売り、巡査、門番、彼らはその姿を見たのですが、毎日決まった時間にやってくる郵便配達人だったので、気に留めなかったのです。その男は人形作りを殺害したあと、袋の中の郵便物を燃やしてそこに死体を詰め、何食わぬ顔をして戻っていったのです。ブラウン神父はその郵便配達人を見つけ出すと、男から話を聞きだし、告白させた上で許してやります。というのも、チェスタートンの作品では人が逮捕されたり、暴力的な騒ぎが起こることがないからです。

現在、アメリカでは探偵小説というジャンルがひどく衰退しています。写実的になり、荒々しくて血なまぐさいものに変わり、性的な暴力まで含まれるようになっています。探偵小説はすっかり影をひそめてしまったのですが、その原因は探偵小説の根底にある知的な要素が失われてしまったからです。しかし、イギリスでは今もこのジャンルが生き続けています。現在でも穏やかな雰囲気をたたえた小説が書かれ、田舎の村を舞台に物語が進んでいくイギリスの小説では、何もかもが知的で、静謐な雰囲気をたたえていて、荒っぽい暴力的な事件が描かれることもなければ、余計な血が流されることもありません。私も以前探偵小説に挑戦したことがあるのですが、出来ばえについてはあまり自信がありません。自分では象徴的なレヴェルにまで高めたつもりでいますが、成否のほどは何とも言えません。「死とコンパス」、それが私の書いた作品です。それ以外に、ビオイ＝カサーレス（アドルフォ、一九一四～九九。ボルヘスと親交のあったアルゼンチンの幻想的な作風の作家）――彼の短篇は私のものよりはるかに優れています――と共著で書き上げた探偵小説もあります。これはイシドロ・パロディを主人公にしたもので、囚人であるこの探偵が牢獄の中からさまざまな難事件を解決していくというプロットになっています。

　探偵小説擁護のために何が言えるでしょう？　ひとつ、疑いもなく明白な事実があります。つまり、現代の文学は混沌へと向かっているということです。詩は韻文よりも容易な（本当はむずかしいのですが）自由詩へと舵を切り、小説は登場人物やプロットを喪失し、一切は漠然としたものに変わりつつあります。混沌とした現代にあって、慎ましやかではあるが、古典的な美徳を今も保ち続けているもの、それが探偵小説なのです。起承転結のない探偵小説など考えられません。たしかに二流の作家が書いたものもありますが、ディケンズ、スティーヴンソン、わけてもウィルキー・コリンズのような優れた何人かの作家が書いた作品もあります。弁護する必要はないでしょうが、ここで探偵小説擁護のためにひとこと言わせていただくと、現在いささか軽視されている探偵小説は、無秩序の支配する現代にあって秩序をもたらしています。このことこそ、われわれが感謝しなければならないひとつの証拠であり、賞賛すべきゆえんなのです。

一九七八年六月一六日

時間

ゲーテとシラーを同時に話題にすると、ニーチェはあからさまに不機嫌そうな顔をしました。われわれがものを考える時も、空間は無視できても時間を無視するわけにはいきませんから、この両者を同時に取り上げるのは好ましくないでしょう。

ここでわれわれは五感のひとつ、聴覚しか備わっていないと仮定してみましょう。すると、目に見える世界、つまり天空や星々が消え去ります……。触覚がないので、ざらざらしたもの、すべすべしたもの、あるいはごつごつしたものを感じ取ることができません。また、味覚と嗅覚が欠けているので、ものを味わったり、匂いを嗅いだりすることもできません。残るのは聴覚だけですが、この想定し得る世界は必ずしも空間を必要とはしません。そこには数多くの人々、何千人、いや何百万人もの人たちがいて、互いに意思を疎通し合っています。彼らが用いているのはわれわれのそれに劣らず、いや、それ以上に複雑な言語だと考えられます――彼らは音楽を通して意思を疎通し合っています。その世界に存在するのは、意識と音楽だけです。こう言えば、音楽には楽器が不可欠なのではないか、と反論されるかもしれません。しかし、音楽にとって楽器はなくてはならないものだと考えるのは間違いです。たとえば、ここに楽譜があれば、ピアノ、バイオリン、フルートなどがなくても、音楽を思い浮かべることが可能です。

こうして、われわれのそれぞれに劣らず複雑な世界が、個人の意識と音楽だけで成り立っている世界が現れてきます。ショーペンハウアーが言っているように、音楽はこの世界に付け加えられるべき何ものかではなく、それ自体がひとつの世界です。そこにつねにあるのは、時間です。なぜなら、それは継起するものだからです。私なり、あなたが、真っ暗な部屋の中にひとりでいると仮定してみましょう。すると、目に見える世界が消え失せ、肉体も消滅します。われわれは自分に肉体が備わっていることをしょっちゅう忘れます……。たとえば、私は今この瞬間にテーブルの上に手を置いています。したがって、ここに手があり、テーブルのあることは分かっています。しかし、べつの何かが起こっています。その何かとは何でしょう? それは知覚、あるいは感覚、それとも単なる記憶、もしくは空想かもしれません。しかし、いずれにしても何かが起こっています。今、Time is flowing in the middle of the night.《時間は夜の只中を流れている》というテニソンが若い頃に書いた詩を思い出しました。ものみなすべてが眠っている間も、時の静かな川――この比喩だけはどうしても使いたいのです――は野原、地下室、空間の中を流れ、また天体の間を流れています。このイメージは実に詩的です。

時間をどうしても無視できないのは、それが本質的な問題だからだ、と私は言いたいのです。われわれの意識は絶えずある状態から別の状態へと変化していきますが、それが継起、つまり時間なのです。時間は形而上学のもっとも肝要な問題である、と言ったのはたしかアンリ・ベルクソンだと思います。もしこの問題が解決されていたら、おそらくほかのすべての問題も解決されていたことでしょう。しかし、幸いなことにこの問題が解決される気遣いはないようですから、今後もこの問題に取り組むことができそうです。《時間とは何か、そう訊かれなければ、何であるか分かっているのに、人から尋ねられたとたんに分からなくなってしまう》と聖アウグスティヌスは言っていますが、(1)われわれはこれからもこの言葉を繰り返し使うことができると思います。

時間に関してはこれまで二十世紀、あるいは三十世紀にわたって考察が続けられてきましたが、大きな進歩があったとは思われません。私は決まって、「人は二度同じ川に

(1)『告白』XI・14・17を参照のこと。

降りていかない」という言葉に戻っていくのですが、この言葉を書いた時、ヘラクレイトスはどれほど困惑を覚えたことでしょう。今でもわれわれは、時間の問題について思索を巡らせると、あの古代の哲学者と同じ思いにとらわれます。なぜ人は二度同じ川に降りていかないのでしょう？　ひとつは川の水が絶え間なく流れ去っていくからであり、もうひとつはわれわれ自身もまた川、つまり移ろい、変化していく存在だからです――この考えは、形而上学的な意味でわれわれの心を打ち、畏怖の念を起こさせるもとになります。時間の問題とはそのようなものなのです。つまり、逃れ去っていくものの問題であり、時は移ろっていくのです。ここで思い出されるのが、ボワロー（ニコラ・ボワロー＝デプレオー、一六三六～一七一一。フランスの詩人）の「何かが自分から遠ざかった瞬間に、時は流れる」という美しい詩句です。私の現在――あるいは、現在だったもの――は今では過去です。過ぎ去っていくその時は、永遠に過ぎ去ってしまうわけではありません。たとえば、先週の金曜日、私はここであなた方と話をしました。この一週間にわれわれの身にいろいろなことが起こったわけですから、もはや一週間前の自分たちではないと言ってもいいでしょう。にもかかわらず、われわれは同じ人間なのです。先週私はここで、むずかしい理屈を並べて論理的な話をしようとしました。あなた方はおそらく先週この場にいたことを覚えておられるでしょう。いずれにしても、記憶には残っているはずです。記憶というのは個人的なものです。われわれのかなりの部分は自分の記憶によって作り上げられています。そして、そうした記憶の大部分は、忘却によって作り上げられているのです。

ここでわれわれは時間の問題と向き合うことになります。この問題を解くことはできないのですが、これまでに出された答えに目を通すことはできます。もっとも古いものはプラトンのそれで、次いでプロティノス（二〇五頃～二六九／二七〇。ギリシアの哲学者）が、さらにその後聖アウグスティヌスがそれぞれに答えを出していますが、それは人間がこれまでに生み出したもっとも美しい創作のひとつです。今、思い付きで人間の創作と言いましたが、あなた方が敬虔な信者なら、また違った風に考えられるかもしれません。私の言う創作とは、永遠のことです。永遠とはどのようなものでしょう？　われわれのすべての昨日の総計が永遠ではありません。われわれの昨日全体、意識をそなえたすべての存在の昨日全体が永遠なのです。つまり、それは過去全体、いつはじまったか分からないすべての過去のことです。そして、現在全体も含まれています。地球上のすべての都市、すべての世界、遊星間の空間までも含めた現在のこの瞬間が含まれています。むろん、未来も含まれています。いまだに創造されてはいないけれども、いずれ存在することになる未来も含まれているのです。

神学者たちは過去、現在、未来、この三つの時が奇跡的にひとつに結びついた瞬間を永遠と呼んでいます。ここで時間の問題を深く感じ取っていたプロティノスの考えを紹介しておきましょう。プロティノスはこう言っています。時間には三種類あるが、それらはいずれも現在である。第一番目は、今この瞬間、つまり私がこうしてしゃべっている今のこの瞬間が現在である。しかし、この瞬間はあっという間に過ぎ去って、私がしゃべった瞬間はたちまち過去になってしまう。次に、過去の現在、つまり記憶と呼ばれる現在がある。三番目は未来の現在で、これはわれわれの期待、あるいは不安が想像するものであると言っています⑵。

ここでプラトンが最初に出した解答を見てゆくことにしましょう。彼の考えは恣意的なものに思えるでしょうが、決してそうではありません。そのことをここで証明したいと思います。プラトンは、時間とは永遠の動的な似姿であると言っています。彼はまず永遠から、永遠の存在から説き起こして、その永遠の存在は他の存在のうちに自らを投影したいと願っている、と言っています。永遠の中では自らを投影できないので、継起的な形でそうせざるを得ないのです。このようにして、永遠の移ろいゆく姿、つまり時間が生まれてきます。イギリスの偉大な神秘主義者ウィリアム・ブレイクは、「時間とは永遠の贈り物である」と言っています。もし万が一われわれに全存在が与えられたら……。ここに言う存在とは、宇宙よりも、世界よりも大きいものなのです。もしそのような存在が突然目の前に現れたら、われわれは消滅し、無と化して死に絶えるでしょう。しかし、幸い時間は永遠からの贈り物です。したがって、永遠はそれを継起的な形でわれわれに体験させてくれます。われわれには昼もあれば、夜もあり、時間も分《ふん》もあります。記憶もあれば、肌で感じ取れる感覚もありますし、さらに未来、どのようなものかは不明ですが、予感し、恐れている未来があります。

　こうしたことはすべて継起的にもたらされます。というのも、宇宙の全存在のこらえがたい重みはもちろん、それが一気に解き放たれることにもわれわれは耐えられないからです。したがって、時間とは永遠がもたらす恩恵であると言えます。永遠があるおかげでわれわれは継起的な形で生きていくことができるのです。幸いわれわれの生活は昼と夜に分かれており、われわれの生は眠りによって中断される、とショーペンハウアー

（2）『告白』XI・20・26をも参照のこと。

は言っています。われわれは朝になると目を覚まし、一日の仕事を終えてふたたび眠りにつきます。眠りがなければ、生は耐え難いものになるでしょうし、喜びを得ることができませんし、生きることさえできなくなります。つまり、われわれにはすべてが与えられているのですが、それはつねに少しずつもたらされるのです。

転生も似たような観念です。汎神論者が考えているように、おそらくわれわれは同時にあらゆる鉱物、あらゆる植物、あらゆる動物、あらゆる人間なのでしょう。しかし、幸いわれわれはそのことに気がつかず、存在しているのは個々の人間だけだと思い込んでいます。気づいていないから救われているので、さもないとそうした過剰な生によってわれわれは死に絶えてしまうでしょう。

次に、聖アウグスティヌスの言葉に耳を傾けてみましょう。時間の問題、時間にまつわる疑問について、彼ほど真剣に考えた人はほかにいません。時間とは何かを知りたいという思いで自分の魂は燃えている、熱く燃えている、と聖アウグスティヌスは書いています。彼は神に向かって、時間とは何かをお教えくださいと懇願しました。(3) 彼がそのように願ったのは、単なる好奇心からではなく、それが分からない限り生きていけないと考えたからです。彼にとってはその問題が本質的なものだったのです。この考え方は、時間とは形而上学の本質的な問題であると言ったベルクソンと相通じるものがあります。聖アウグスティヌスは熱い思いを込めて、先のように書いたのです。

今は時間について話しているので、ここで一見単純そうに思われる例をゼノン（前四九〇頃～前四三〇頃。古代ギリシアの自然哲学者）の逆説の中から引いてみましょう。ゼノンは自分の逆説を空間に当てはめているのですが、それを時間に適用しようと考えます。彼の逆説の中でもっとも単純なものを取り上げてみますと、それは動く物体の逆説、もしくはそれに関する解決できない難問です。動く物体がテーブルの端にあり、それが反対側の端まで移動すると仮定します。そのためには、物体はまずテーブルの中央まで移動する必要があります。そしてその前に、中央までの半分の距離を移動しなければなりません。さらにそのためには、中央までの半分の距離のそのまた半分の距離を移動しなければならない、というようにどこまでも分割されていき、それが無限に続きます。このようにして、移動する物体はいつまでたってもテーブルの向こう端にたどり着けないのです。あるいは、幾何学を例にとってみてもいいでしょう。まず、ある点を思い浮かべてみましょう。この点は空間

（3）『告白』XI・22・28を参照のこと。

的な延長を持たないと考えられます。このような点を無限個並べていくと、そこに線ができます。次に線を無限に集めます。すると、面ができます。この面を無限に集めると体積ができます。以上に述べたことがどこまで理解できるかわれわれには分かりません。というのも、点が空間的な広がりを持たないのであれば、そのような点をいくら集めても、延長である線になるとは考えられません。線といっても何もここから月まで伸びていくようなものを考えているわけではありません。たとえば、私が今この手で触れているテーブルの線でもいいのです。この線もやはり無限の点でできています。そして、このような問題に関してはすでにひとつの解答が得られていると考えられてきました。

無限数に関して、バートランド・ラッセル（一八七二～一九七〇。イギリスの哲学者）は次のように述べています。1、2、3、4、5、6、7、8、9、10といった自然数があり、これは無限に続いていています。ここで、べつの連続する数を思い浮かべてみると、こちらの方は先の数の半分しかありません。1に対して2、2に対して4、3に対して6といった具合に続きます……。さらにべつの一連の数を考えてみましょう。何でもよいのですが、たとえば365を例にとってみます。1に対して365、2に対しては365の二乗が、3に対しては365の三乗が対応するとします。このように考えていくと、一連の数がいくらでもできますが、それらはいずれも無限にあります。つまり、超限数では全体と部分の数は同じになるのです。数学者たちはこのような考えを受け入れてきたと思うのですが、われわれの想像力はなかなかついていけないようです。

次いで、今この瞬間を考えてみましょう。この瞬間とはいったいどのようなものでしょう？　それは少しばかりの過去と少しばかりの未来とでできています。現在そのものは幾何学でいう定点のようなもので、それ自体は存在しません。われわれの意識の直接的な与件ではないのです。現在について考えると、それは少しずつ過去に、そして未来に変わってゆくことが分かります。時間に関する理論は二種類ありますが、ひとつは誰もが知っているもので、時間を川としてとらえる考え方です。川は水源から、考えもつかないほど遠い源から流れ出してわれわれのもとにやってきます。もうひとつの考え方はイギリスの形而上学者ジェイムズ・ブラッドリー（一六九三〜一七六二。イギリスの天文学者。最初は神学を学んで聖職者になるが、のちに天文学者に転向した）が言い出したことです。ブラッドリーは先の考え方とは全く逆のことを言っています。つまり、時間は未来から過去に向かって流れているというのです。そして、未来が過去に変わるその瞬間がわれわれの現在であると言っています。

この二つの隠喩のどちらを選んでもかまいません。つまり、時間の淵源を未来、あるいは過去のいずれにとってもいいので、どちらを選び取っても結果的には同じだということです。いずれにしても、われわれは時間という川の前にいるのです。では、時間の起源という問題をどう考えればいいのでしょう？　プラトンは次のような解答を出しています。つまり、時間は永遠から生じているのであって、永遠は時間より前にあるというのは誤りである。なぜなら、永遠が時間よりも前に存在するということは、永遠が時間に属していると言うのと同じだからである、とプラトンは言っています[4]。アリストテレスのように、時間とは運動を計測する尺度であるというのも誤りです。なぜなら、運動は時間の中で生起するものなので、それ自体として時間を説明することができないからです。聖アウグスティヌスの言葉に Non in tempore, sed cum tempore Deus creavit caela et terram.[5]《時間においてでなく、時間とともに神は天と地を創造された》という美しい一文があります。『創世記』の最初の詩句は世界の創造、海と大地、闇と光の創造を歌っているだけでなく、時間の起源にも触れているのです。これはつまり、それ以前に時間は存在しなかったということにほかなりません。この世界は時間とともに存在しはじめたのであり、以後はすべてが継起的なものになりました。

先ほど超限数の説明をしましたが、その概念が助けになってくれるかどうか、私には分かりません。私の想像力がこの観念を受け入れることができるかどうか分からないのです。それにまた、あなた方の想像力がこの観念を受け入れることができるかどうかも分かりません。つまり、部分が全体と同じ大きさを持つという考え方です。これが一連の自然数であれば、偶数の数が奇数の数と同じである、つまりそれは無限にあり、365の累乗の数が全体の総数と同じだと言われても納得がいきます。それでは、なぜ時間の二つの瞬間の観念を受け入れることができないのでしょう？　七時四分と七時五分の観念をどうして受け入れられないのでしょう？　この二つの瞬間の間に、無限の数、あるいは超限数の瞬間が存在するという考え方は、受け入れがたいように思われます。

しかし、バートランド・ラッセルはそれを想像するように言っています。

ベルンハイム（エルンスト、一八五〇～一九四二。ドイツの歴史学者）は、ゼノンの逆説は時間を空間的な概念に置き換えたものにすぎないと言っています。つまり、現実に存在しているのは生の衝動で、わ

（4）プラトンは永遠不変の原型となるものをイデアと名付け、個物はその似姿だと述べている。ボルヘスはここで永遠をプラトンの言うイデアとして、連続性と変化を特徴とする時間をその似姿としてとらえて自分の考えを展開している。

（5）この中に出てくる caela は caelum の誤り。

れわれはそれを細分化することはできません。たとえば、アキレスが一メートル進むと、その間に亀が十センチ進んだというのは誤りです。なぜなら、これはアキレスが最初全速力で走っているのに、最後は亀の速度になったというのに等しいからです。つまり、空間に適用されている基準を時間に当てはめているにすぎません。しかし、ウィリアム・ジェイムズのように考えることもできるでしょう。まず五分間という時間を考えてみましょう。五分が経過するためには、その半分の時間が経過しなければなりません。次に、二分三十秒が経過するためにはさらにその半分の時間が経過しなければならないというように、それが無限に続いてゆき、このようにして五分という時間が永遠に経過することはありません。これがゼノンの提起した難問が時間に適用された例です。そこから得られる結論は同じです。

ゼノンの矢を例にとってみましょう。飛んでいる矢は瞬間瞬間において不動であり、不動をいくら集めても運動にはならないのだから、矢が飛んで行くことはありえない、と彼は言っています。

ここで現実の空間が存在すると考えてみましょう。この空間は無限に分割することはできないにしても、最終的に点に分割できるはずです。現実の空間が存在するのであれば、時間もまた瞬間に、瞬間の瞬間にといったように単位の単位にいくらでも細分化できるはずです。

世界とは単にわれわれの想像でしかなく、われわれは一人ひとり違った世界を夢想している、そう考えると、われわれはある思念から別の思念へと移行しているだけで、感じ取ることのできない細分化されたものなど存在しないと考えられます。唯一存在しているのは、われわれが感じ取れるものだけなのです。つまり、存在しているわれわれの知覚、情動だけなのです。しかし、先のような細分化は想像上のものでしかなく、現実的ではないのです。さらに別の考え方もあります。人間が共有しているように思われる時間の単一性がそれです。この考えはニュートンによって確立されましたが、それ以前にすでに合意として出来上がっていました。ニュートンは数学的な時間——つまり、宇宙全体を通じて流れる唯一の時間——について語っていますが、この時間は今も真空の空間を、遊星間を一様に流れています。しかし、イギリスの形而上学者ブラッドリーはそのように考えなければならない理由はどこにもない、と反論しています。

ブラッドリーは、互いに関連のないさまざまな時系列が存在するとも考えられると言っています。われわれの前に、a, b, c, d, e, f……と呼びうる一連の時系列があるとします。あるものは別のものより時間的に後になり、あるものは別のものよりも前になる、あるいは同時的に存在するといったように、互いに関連しているのです。しかし、アルファー、ベーター、ガンマーといった別の一連の系列を思い浮かべることもできます……。つまり、違った時系列を想像することが可能なのです。

どうして時系列はひとつしかないと考えなければならないのでしょう? ただ、あなた方の想像力がそのような考え方を受け入れることができるかどうか、私には分かりません。時間は多様で、そうした時系列——言うまでもなく、それぞれの時系列内においては互いに時間的に前だったり、同時的だったり、後だったりします——には時間的な前後、あるいは同時性は存在しません。それらは別の時系列なのです。われわれはそれぞれにそうしたことを想像することができるでしょう。たとえば、ライプニッツ(ゴットフリート・ヴィルヘルム、一六四六～一七一六。ドイツの哲学者、数学者)を思い浮かべてもいいでしょう。

つまり、われわれ一人ひとりは一連の出来事を生きていて、そうした出来事は他の人たちのそれと並行していることもあれば、そうでないこともあるという考え方です。このような考え方がなぜ受け入れられないのでしょう? そう考えることは可能ですし、そうすればわれわれにもっと広がりのある世界、今の世界よりもはるかに奇妙な世界がもたらされるでしょう。つまり、単一の時間は存在しないという考え方です。私には理解不能な、知りえない世界ですが、現代物理学はそうした考え方を完全には否定していないと思います。いくつもの時間があるという考え方のことです。ニュートンが考えたような単一の時間、絶対的な時間をなぜ仮定しなければならないのでしょう？　ここでわれわれはふたたび永遠というテーマに立ち返ることになります。永遠なるものは何らかの形で顕在化したいと願っており、それは空間と時間の中に現れてきます。永遠なるものとは、原型の世界なのです。たとえば、永遠なるもののうちには三角形は存在しません。たったひとつだけ存在するのですが、それは等辺三角形でもなければ、二等辺三角形でも、不等辺三角形でもありません。同時にこの三つの三角形でありながら、そのいずれでもないのです。そのような三角形は想定できないというようなことはどうでもいいので、とにかく間違いなくそうした三角形は存在するのです。

あるいは、われわれの一人ひとりは原型としての人間の時間的な似姿であり、死すべく定められていると考えることもできます。そうすると、人間にはそれぞれプラトン的原型があるのだろうか、という問題も生じてきます。その絶対はやがて顕在化したいと願うようになります。そして、時間の中に現れるのです。時間とは永遠の似姿にほかなりません。

以上の点から、時間がなぜ継起的なのかを理解できるはずです。つまり、永遠から発生した時間はふたたび永遠なるものに回帰したいと願っているのです。つまり、未来という観念は、われわれの始原に立ち返りたいという願望と呼応しているのです。神がこの世界を創造され、それゆえ全世界、生きとし生けるもののいる全宇宙は、非時間的な永遠の水源に立ち返りたいと願っているのです。時間の外にあるそこには、それ以前とかそれ以後といったものは存在しません。そして、もしそうしたものがあるとすれば、生の衝動のうちのはずです。また、時間が絶え間なく動いているというのも事実です。現在は存在しないという人もいます。インド北部の哲学者の中には、果実の落ちる瞬間は存在しないと断言した人がいます。果実は木からまさに落ちようとしているか、地面に落ちているかのどちらかで、落ちる瞬間は存在しないというのです。

われわれは時間を過去、現在、未来と三つに分割してきましたが、その中でもっともとらえがたくて理解しがたいのが現在だと考えると、なんとも言えず奇妙な気持ちになります。現在は幾何学の点と同じで、とらえがたいものです。というのも、延長がなければ存在しないということにほかならないからです。われわれは、見せかけの現在は少しばかりの過去と少しばかりの未来とで成り立っていると考えざるをえません。つまり、そうして時間の推移を感じ取るのです。私が時間の経過について話している時、私はあなた方が感じ取っておられる何かについて話しているのです。私が現在について話す時、抽象的な実体のことを話しているのです。現在は、われわれの意識の直接的な与件ではありません。

われわれは時間の中をすべるように移動していると感じています。つまり、未来から過去へ、あるいは過去から未来へと駆け抜けていると考えることはできますが、ある瞬間に時間に向かって、ゲーテのように《止まれ、お前はそんなにも美しいのだから……》と呼びかけることはできません。現在は立ち止まりはしません。われわれは純粋な現在を思い浮かべることはできないでしょうし、そのようなことをしても無駄骨に終わるでしょう。現在には少しばかりの過去と、少しばかりの未来がつねに含まれています。それは時間にとって不可欠のものであるように思われます。時間がヘラクレイトスの言う川の比喩とぴったり符合していることを、われわれは経験上実感していますし、今なおこの古い寓喩を使い続けています。まるであれから長い時が過ぎ去っていないかのように思われます。われわれは今なお、川面に自らの姿を映しているヘラクレイトスなのです。川の水は流れ去っていったのだから、もとの川ではないと考え、自分もまた、最後にこの川を見てから今こうして見るまでの間にさまざまな人間になってきたのだから、もはやヘラクレイトスではないと考えます。つまり、われわれは移ろいゆくものと永続的なものとでできているのです。その意味でわれわれは、神秘的な何ものかなのです。もし自分の記憶がなければ、われわれの一人ひとりはどういう存在になるでしょう？記憶は大部分が耳障りな騒音で満たされています。しかし、それでも本質的なものです。私はこれまでパレルモ、アドロゲー、ジュネーブ、スペインで暮らしてきましたが、たとえば自分が自分であるためにはそのことを思い出す必要はありません。同時に、自分は今述べた土地でかつて暮らしていた自分ではなく、別の人間だと感じる必要がありません。つまり自己同一性が変化するということですが、これは解決することのできない問題です。そして、おそらくこの場合は変化という言葉で十分でしょう。というのも、われわれが何かの変化について話したとしても、何かが別のものにとって代わられたということではないからです。「植物が成長する」と言ったとしましょう。これは何も小さな植物がより大きなものにとって代わられたということではありません。これはその植物が別のものに変化したということなのです。つまり、移ろいゆくものの中の永続性という観念です。

時間とは永遠なるものの動的な似姿であるという古代ギリシアのプラトンの考えは、未来の観念をもちだせば正当化されるでしょう。時間がもし永遠なるものの似姿であるとすれば、未来はこれから先へと向かう魂の運動ということになるでしょう。もしそうなら、これから先はこれから先で永遠なるものへの回帰になるにちがいありません。つまり、われわれの生とは絶え間ない死の苦悶だということです。聖パウロは《私は毎日死んでいる》と言っていますが、この言葉はけっして悲愴なものではありません。実は、われわれは日毎に死に、日毎に生まれているのです。われわれは絶え間なく生まれ、かつ死んでいるのです。それゆえ、他の形而上学的な問題よりも、時間の問題がわれわれの心に強く響くのです。なぜならそれ以外のものは抽象的なものだからです。時間の問題はわれわれの問題なのです。私とはいったい何者なのでしょう？　われわれ一人ひとりとはいったい何者なのでしょう？　われわれはいったい何者なのでしょう？　いずれそれを知る時が来るでしょう。ひょっとすると来ないかもしれません。聖アウグスティヌスが言ったように、それまでの間、私の魂はそれを知りたいと思って熱く燃えています。

一九七八年六月二三日

解説

木村榮一

司馬遼太郎の対談集を読むと、歴史的な事件や出来事にまつわる些末なエピソードがとめどなく繰り出されているので、ここまでよく記憶しているものだとあきれることがある。たとえば、海音寺潮五郎との対談では、ペリー来航の直後に薩摩藩、鍋島藩、伊予・宇和島藩の三藩が外国に負けまいと同じような蒸気船を作ろうとして意気込んだのはいいが、小藩の宇和島藩には洋学施設などなく、「藩から命じられて実際に造った人間は、蒸気のことも船のことも何も知らない提灯《ちょうちん》張替えのおっさんで、かつては粉の行商をしていた。もっともボディの方は、当時村田蔵六といっていた大村益次郎が宇和島に流れて来ていて、それがオランダの造船の本を見るだけで造りました。／なににしても、こんな民族ってないんじゃないでしょうか。蒸気船を見てびっくりした民族は世界中にたくさんあると思いますけれども、三年後に真似をして国産でつくったのは日本人だけです」(『司馬遼太郎対話選集3　歴史を動かす力』文春文庫)と語っている。エンジンが小さいために外洋ではまともに航行できない蒸気船を作ったのが、船のことなど何も知らない「提灯張替えのおっさん」というのが実にいい。この一言で、当時の日本が置かれていた状況と、大国に負けまいと滑稽なまでに背伸びしようとした先人たちの意地と誇りが鮮明に浮かび上がってくる。歴史の大きなうねりと取るに足らないように思われるこうした知識の集積が、司馬遼太郎の描き出す小説世界に奥行きと広がり、厚みを与えており、作品を読むほどにそうした細部に関する彼の記憶力に驚嘆させられる。

地球の裏側にあるアルゼンチンにも、ホルヘ・ルイス・ボルヘスという恐るべき記憶力を生かして独自の世界を創造した作家がいる。ある伝記作家によると、ボルヘスは読書家を自負している人が一生かけて読む何倍もの本を読破し、百科事典にも目を通して正確に記憶していたとのことである。その驚くべき記憶力を生かしてボルヘスが『伝奇集』『アレフ』(ともに鼓直訳、岩波文庫)などの幻想的な短篇集や、『論議』(牛島信明訳、国書刊行会)、『続審問』(中村健二訳、岩波文庫)といったエッセー集を書いたことはよく知られている。

そのボルヘスが一九七八年にベルグラーノ大学で五回にわたって行った講演の記録が

『語るボルヘス』である。ここには「書物」「不死性」「エマヌエル・スヴェーデンボリ」「探偵小説」「時間」といった講演が収められているが、そのいずれにおいてもボルヘスの驚嘆すべき博識ぶりがいかんなく発揮されている。

たとえば最初の講演「書物」を取り上げてみると、まずイギリスの劇作家バーナード・ショーの戯曲に出てくる「アレクサンドリアの図書館は人類の記憶である」という一節を引いたあと、古代の人たちは書物をそれほど崇拝していなかったと続ける。彼らは書物を口頭で語られた言葉の代替物とみなしていたとして、よく引用されるScripta manent verba volant.《書かれた言葉は残り、口から出た言葉は飛び去る》というのは、一般的な見解と違って、実は書かれた言葉は長く残るが、しょせん死物でしかないということであり、それにひきかえ、口から発せられる言葉には羽と同じ軽やかさが備わっていて、神聖なものとみなされていたと述べ、ピタゴラスやソクラテスをはじめ、プラトン、アリストテレス、中世の神学者の言葉や例を引きながら、その点について説明している。ボルヘスによると、イエスや仏陀もまた口頭で教えを垂れる師であるという。

古代文学の精華ともいうべきホメロスの『イーリアス』と『オデュッセイア』も、もとはギリシアの吟遊詩人たちが人々の前で歌ったものであり、書きしるされたものではなかった。そのあと、書物が大変高価だったローマ時代に、自分は百巻もの書物を所有していると自慢している人を揶揄して、そんなに多くの本を読み切れるのだろうかと言ったセネカのエピソードが紹介されている。

次いで、モンテーニュとエマソンの言葉を引いて、彼らは読書を幸せになるための方法のひとつだと考えていたと指摘したあと、「私は今でも目が見えるようなふりをして、本を買い込み、家じゅうを本で埋め尽くしています」と言い、自分は現在本を読むことはできないが、書物が間違いなくそこにあり、書物が放つ親しみの込もった重力のようなものを感じているとして、「人が幸せだと感じる可能性はいろいろありますが、書物というのはそのひとつだと私は考えています」といかにもボルヘスらしい言い方をしている。

別の箇所でも彼は面白いことを言っている。古代ギリシアの哲学者ヘラクレイトスの《人は二度同じ川に降りていかない》という言葉を取り上げて、ここに言う川とは時の流れの比喩でもある。時の流れの中に身を置いている人もまた、川と同じように時々刻々変化している。したがって、以前に読んだ本を今読み返したとすると、その人はもはや以前とは同じ人間ではないので、読み方、理解の仕方も変わってくるだろうから、別の本を読むのと変わらないはずであると言っている。ヘラクレイトスの言葉から、こうした思索へと読者を導くボルヘスの想像力は、われわれを魅了し、観念論的な異次元の世界へと導き入れる。

このように該博きわまりない知識を生かしながら、観念論的な思索を極度に圧縮し、それを極小の宇宙に閉じ込めて読者の前に差し出す。このボルヘスと、歴史に関する博大な知識と鋭い洞察力、それに人間味あふれるエピソードを通して激動の時代を生き抜いた人間群像を描き出した司馬遼太郎という、驚異的な記憶力に恵まれた二人の天才と同時代人であったことをわれわれは喜びつつ感謝しなければならない。彼らの著作を読んでいると、暗記と記憶の違いについて考えさせられる。つまり驚くべき記憶力に恵まれた彼らの場合、おそらく自分が興味を持ち面白いと思ったことは、努力して覚えようとしなくても自然と記憶に残るのだろう。少年のようにみずみずしい感性と好奇心、それにものを知り、思索する喜びがこの二人の記憶力の背後にあったことは間違いない。

「書物」と題された講演を読みながら、ぼくはボルヘスの短篇集『伝奇集』に収められている「バベルの図書館」を思い出した。この中に描かれている「不定数の、おそらく無限数の六角形の回廊で成り立っている」（鼓直訳）図書館とは、彼の脳裏にある無数の本を暗示しているのではないだろうかと考えたのだが、ボルヘスを論じた本をのぞいてみると、あの作品に描かれている図書館は、おそらく一九三〇年代から四〇年代にかけて約九年間、彼が司書として働いていたブエノスアイレスの市立図書館をもとに着想されたものだろうと書かれている。以前から眼疾に悩まされていた父親が心臓病まで患い、当時一家は経済的にかなり逼迫しており、少しでも生活費を稼ごうと市立図書館に勤めたのである。しかし、職場にいる図書館員はやる気がなく、競馬や喧嘩の話にうつつを抜かして、書籍の整理、分類のことなどまったく念頭になかった。「バベルの図書館」が生まれた背景には、市立図書館での経験があることは間違いないが、書物を愛してやまない作者があそこまで混沌とした無限の書物が収蔵された図書館をテーマにした作品を、現実の図書館をもとに空想を働かせて書いたとは考えにくい。そこにはまた別の意図が込められていたように思われるが、その点についてはのちほど触れることにしよう。

「不死性」と題された講演でも、ボルヘスはその博識をいかんなく発揮している。古代ギリシアから二十世紀に至るまでの哲学者、神学者、思想家、文学者が不死について語った言葉や考えを次々に紹介しながら、自身の考えをそこに織り込んで刺激的な不死論を展開させている。冒頭でウィリアム・ジェイムズの考えを紹介しながら、不死性は哲学が扱う中心的な課題ではないと説明したあと、ソクラテスが毒を仰いで死ぬ時の様子を描いたプラトンの『パイドン』を取り上げている。この中でソクラテスは、「心的実体(魂)は肉体がない方がよりよく生きることができる、肉体は足手まといになるだけだ」と言っているが、この一節は次の講演「エマヌエル・スヴェーデンボリ」でも展開されるテーマになっている。

「不死性」の中でもっとも注目に値するのは、「たとえば、ある人が自分の敵を愛したとすると、その時キリストの不死性がよみがえってきます。その瞬間、その人はキリストになるのです。われわれがダンテ、あるいはシェイクスピアの詩を読み返したとします。その時、われわれは何らかの形でその詩を創造した瞬間のシェイクスピア、あるいはダンテになります。ひとことで言えば、不死性は他人の記憶の中、あるいはわれわれの残した作品の中に生き続けることなのです」という一節で、読む人の心を打つ美しい言葉である。結局のところ、不死というのは単に長く生き続けるということではなく、他者の記憶に残された思い出の中で実現されるものなのだと、ボルヘスは語りかけている。

エマヌエル・スヴェーデンボリは科学、数学、天文学、鉱山学、解剖学などに通じ、実学の面でも驚異的な功績を残した万能の天才で、しかも見神者でもある。世界史上類を見ない人物であるにもかかわらず、北欧に生まれたばかりに世界史の表舞台に登場することなく、現在ではほとんど忘れ去られていると言っていい。ボルヘスがこのスヴェーデンボリについて行った講演も興味深い。

スヴェーデンボリはロンドン滞在中にイエスに出会い、彼からあなたはこれから第三の教会を創設して、キリスト教をよみがえらせなければならない、その代わりに天界と地獄界を訪れることができるようにしてあげようと言われる。その言葉通り、彼は天界と地獄界を訪れ、その時の体験を著作の中で語っている。その著作をもとにボルヘスは、スヴェーデンボリが体験したことをここで紹介している。彼の著作でボルヘスが何よりも驚かされたのは、ほかの多くのキリスト教の神秘主義者たちが語る宗教的体験と違って、「彼の書くものは、見知らぬ土地を旅して、平静な目で観察し、その様子を事細かに描き出していく旅行者の記述を思わせ」る点である。つまり、スヴェーデンボリは宗教的で奇妙な体験を、まるで旅行記のように冷静客観的に書いている点に、ボルヘスは驚いているのである。イエスの導きで天界と地獄界を訪れるという異常というほかはない体験をした人物が、果たしてここまで平静さを失わずに書けるのだろうかという驚きがボルヘスの文章から感じ取れる。

私事になるが、今から三十年前、この講演集を訳し、『ボルヘス、オラル』(風の薔薇刊)というタイトルで出版した。今回、岩波書店の入谷芳孝氏から文庫化したいとの話があり、全体を読み返して全面的に改訳したのだが、作業を進めていく中で、母親が亡くなった時のことをふと思い出した。あの頃、以前から体調を崩していた母がついに亡くなり、かわいがってもらっていたぼくは大きなショックを受けた。母は、いつも「綺麗な生き方をするんだよ」と口癖のように言っていた。偶然というほかはないが、そんな母が亡くなる直前に、ちょうど「エマヌエル・スヴェーデンボリ」の以下の一節を訳していた。

人は死後どうなるのでしょう？　最初は自分が死んだことに気づきません。いつもと同じように仕事をつづけ、友達と会い、彼らと会話を楽しみます。そのうちすべてが以前よりも生き生きとしていて、色彩もより豊かであることに徐々に気づきはじめ、驚きを覚えます。そして、《自分はこれまでずっと影の中で生きてきたが、今は光に包まれている》と感じるようになり、短い間ですがそのことを喜ばしく思うようになります。

この一文のおかげで、ぼくはどれほど救われたか知れない。

余談はさておき、これは意外に知られていないことだが、ボルヘスは熱烈な探偵小説の愛好家で、三十代の頃にはアルゼンチンのある雑誌に毎週のように書評を書いていた時期があり(これらの書評はのちに一冊にまとめられて、*Textos cautivos*(『魅惑のテキスト』)と題されて出版されている)、そこで外国の文学書、哲学書、思想書などを数多く取り上げている。そしてその中には、エラリー・クイーン、カーター・ディクソン、チェスタートンなどの著作が紹介されている。また、『伝奇集』に収められている「死とコンパス」は紛れもなく探偵小説であり、ほかにも復讐劇としての完全犯罪を描いた「エンマ・ツンツ」や「八岐の園」など推理小説の趣をそなえた作品も書いている。また、生涯の友といえる、アルゼンチンの作家アドルフォ・ビオイ＝カサーレスと共著で何作か書いているが、その中の一九四二年に出版された『ドン・イシドロ・パロディ　六つの難事件』(邦訳は岩波書店から出ている)は、無実の罪で牢に入れられたイシドロ・パロディが牢内で話を聞いて数々の難事件の謎解きをするという筋立てになっている。文字通り、密室の探偵というわけだが、その内容はボルヘスとビオイ＝カサーレスが敬愛してやまないチェスタートンの作品が手本になっている。

ボルヘス好みの探偵小説を取り上げて縦横に語った講演「探偵小説」（ほかに『ボルヘスの北アメリカ文学講義』（柴田元幸訳、国書刊行会）でも探偵小説が取り上げられている）は、一方で興味深いポー論にもなっているが、知的遊戯としての探偵小説を愛する彼がいかにも楽し気にこのジャンルついて語っているのが印象深い。

最後の講演「時間」は、ボルヘスが生涯追究し、考察し続けたテーマである。時間に関してははるか以前の一九三六年、彼が三十七歳の時にエッセー、というか時間論の「永遠の歴史」の中で取り上げている。時間とは何か、永遠とは何かはボルヘスにとってきわめて重要なテーマであり、「永遠の歴史」を書いた十六年後の一九五二年に出版されたエッセー集『続・審問』（『ボルヘス・エッセイ集』木村榮一編訳、平凡社ライブラリー、および『続審問』中村健二訳、岩波文庫）に収められている「時間に関する新たな反駁」（岩波文庫版では「新時間否認論」というタイトルになっている）でもやはり時間とは何かについて論じられていて、このテーマが彼にとっていかに重要なものであるかを物語っている。

伝記的な視点に立ってこの二つのエッセー、もしくは時間論を見てみると、彼が時間について哲学、神学、文学に関する博大な知識を思うさま駆使して自らの考えを述べている背景に共通する点があることが読み取れる。というのは、「永遠の歴史」を書いていた頃は、父親の心臓病が悪化して余命いくばくもない状態にあった(事実、その二年後の一九三八年に亡くなっている)。幼い頃から父の衣鉢を継いで作家になることを夢見ていたボルヘスは、この時期つらく厳しい状況に置かれていた。このエッセーの中でボルヘスは、「永遠は一種のお遊び、くたびれた期待でしかない」と彼にしては珍しく語気鋭く永遠を否定しているが、その背景に父親が間もなくゆきて帰らぬ人になる、という思いが込められているような気がしてならない。

一九五二年に出版された『続・審問』を書いている頃、彼自身はほとんど目が見えなくなっていた。そんな中、ヨーロッパの哲学者、神学者、思想家、文学者を中心にめくるめくような引用と言及を通して時間を論じた「時間に関する新たな反駁」は、ボルヘスの時間を論じた代表的な作品のひとつに数えられる。その中で、例によって博大な知識をもとに時間について自在に論じたあと、ボルヘスは次のような一文でこのエッセーを結んでいる。

われわれの運命は非現実的であるがゆえに恐ろしいのではない。逆行できず、鉄のように仮借ないがゆえに恐ろしいのだ。時間はわたしを作り上げている実体である。時間はわたしを押し流す川である。しかし、わたしはその川である。それはわたしを引き裂く虎である。しかし、わたしはその虎である。それはわたしを焼き尽くす火である。しかし、わたしはその火である。世界は不幸にして現実である。わたしは不幸にしてボルヘスである。

この一節には、ほとんど目が見えなくなったボルヘスのさまざまな思いが、時間について、死について、世界について思索を巡らせたひとりの文学者、詩人の透徹した思念、自身の運命を従容と受け入れようとする思いが込められている。ボルヘスはけっして温和で物静かな文学者ではなく、内に激しい炎、熱情を秘めた作家だったのである。

さて、ここに紹介した講演「時間」では、かつての内に激しい感情を秘めた言葉はずいぶんやわらげられている。彼自身すでに八十歳近い年になって、間近に迫る自らの死をどこかで意識していることが感じ取れるが、講演「時間」の結びで語られている言葉はどこまでも若々しく、かつ美しい。

われわれは絶え間なく生まれ、かつ死んでいるのです。それゆえ、他の形而上学的な問題よりも、時間の問題がわれわれの心に強く響くのです。なぜならそれ以外のものは抽象的なものだからです。時間の問題はわれわれの問題なのです。私とはいったい何者なのでしょう？　われわれ一人ひとりとはいったい何者なのでしょう？　われわれはいったい何者なのでしょう？　いずれそれを知る時が来るでしょう。ひょっとすると来ないかもしれません。聖アウグスティヌスが言ったように、それまでの間、私の魂はそれを知りたいと思って熱く燃えています。

人間の生死と分かちがたく結ばれている時間は、われわれの前に解きほぐしがたい謎として今なお屹立している。これまで古今東西の哲学者、神学者、詩人、文学者などがこの問題に取り組み、探究を続けてきたが、時間は依然謎のままである。七十八歳のボルヘスがこの講演で「私の魂はそれを知りたいと思って熱く燃えています」と語った時、彼の脳裏にはプラトンからアウグスティヌスを経て、二十世紀に至る数多くの哲学者、神学者、詩人、文学者などの言葉がこだましていたにちがいないし、それでもなお時間は謎のまま残されているのだと語りかけており、この言葉はわれわれの心を打つ。

先に、短篇「バベルの図書館」についてはのちほど触れることにしたいと書いたが、実を言うとこの作品に出てくる「図書館は、その厳密な中心が任意の六角形であり、その円周は到達の不可能な球体である」（鼓直訳）という一節が気にかかっていたからにほかならない。以下は拙い翻訳者の妄想だと思って読み流していただければいい。ボルヘスのこの一文は『続・審問』に収められている「パスカルの球体」の中で、十六世紀に書かれた『パンタグリュエル』の一節として引用されている《その中心がいたるところにあって、円周がどこにもない、われわれが神と呼んでいる知的球体》を思わせる。神としての《知的球体》は、言うまでもなく特定の宗教の神を指すものでなく、ひょっとするとプラトンが『ティマイオス』で語っている球体のようなものかもしれない。つまり、ボルヘスはプラトン的球体を六面体に置き換えることによって《バベルの図書館》を作り出したのではあるまいか。言い換えれば、やる気のない職員が働く、貧困なブエノスアイレス市立図書館をもとにボルヘスは想像の翼を思うさま羽ばたかせて、プラトン的なイデアとしての図書館を空想し、球体を六面体に置き換えたのかもしれない。

現実世界の出来事や事物をもとにボルヘスは想像力を働かせて、バベルの図書館をはじめ、アレフ、トレーン、短篇「円環の廃墟」の火の神など、知的、観念論的幻想とでも言うほかはない着想をもとに数々の短篇やエッセーを書いているが、その背後にはプラトンやプロティノスをはじめ、さまざまな哲学者、神学者、思想家、作家、詩人たちが積み上げてきた思索がどっしり控えている。書物、不死と死、知的操作を通して謎を解く探偵、見神者、時間と永遠をテーマに語った五つのこの講演録は聴衆を、そして読者をめくるめく観念論的幻想世界へと誘ってくれるだろう。

*

翻訳の底本には、Jorge Luis Borges: *Obras completas IV;* Emecé Editores, Barcelona, 1996 に収録されている *Borges, oral* を用い、適宜初版の Jorge Luis Borges; *Borges, oral;* Emecé Editores/Editorial de Belgrano, Buenos Aires, 1979 を参照した。

また、この翻訳が出来上がるまでには、岩波文庫編集長の入谷芳孝氏をはじめ、神戸市外国語大学イスパニア学科教授のサンス・モンセラット氏、および神戸市外国語大学名誉教授で、哲学と神学に精通しておられる畏友の小浜善信氏にはいろいろとご教示いただいたので、ここでお礼を申し上げておきます。

二〇一七年七月

語《かた》るボルヘス —書物《しょもつ》・不死性《ふしせい》・時間《じかん》ほか
J.L.ボルヘス著

2017年10月17日　第1刷発行
2024年 1 月15日　第4刷発行

訳　者　木村榮一《きむらえいいち》

発行者　坂本政謙

発行所　株式会社 岩波書店
〒101-8002 東京都千代田区一ツ橋2-5-5
案内 03-5210-4000　営業部 03-5210-4111
文庫編集部 03-5210-4051
https://www.iwanami.co.jp/

印刷・三陽社　カバー・精興社　製本・中永製本

ISBN 978-4-00-327929-8　　Printed in Japan

読書子に寄す

―岩波文庫発刊に際して―

岩波茂雄

真理は万人によって求められることを自ら欲し、芸術は万人によって愛されることを自ら望む。かつては民を愚昧ならしめるために学芸が最も狭き堂宇に閉鎖されたことがあった。今や知識と美とを特権階級の独占より奪い返すことはつねに進取的なる民衆の切実なる要求である。岩波文庫はこの要求に応じそれに励まされて生まれた。それは生命ある不朽の書を少数者の書斎と研究室とより解放して街頭にくまなく立たしめ民衆に伍せしめるであろう。近時大量生産予約出版の流行を見る。その広告宣伝の狂態はしばらくおくも、後代にのこすと誇称する全集がその編集に万全の用意をなしたるか。千古の典籍の翻訳企図に敬虔の態度を欠かざりしか。さらに分売を許さず読者を繋縛して数十冊を強うるがごとき、はたしてその揚言する学芸解放のゆえんなりや。吾人は天下の名士の声に和してこれを推挙するに躊躇するものである。このときにあたって、岩波書店は自己の責務のいよいよ重大なるを思い、従来の方針の徹底を期するため、すでに十数年以前より志して来た計画を慎重審議この際断然実行することにした。吾人は範をかのレクラム文庫にとり、古今東西にわたって文芸・哲学・社会科学・自然科学等種類のいかんを問わず、いやしくも万人の必読すべき真に古典的価値ある書をきわめて簡易なる形式において逐次刊行し、あらゆる人間に須要なる生活向上の資料、生活批判の原理を提供せんと欲する。この文庫は予約出版の方法を排したるがゆえに、読者は自己の欲する時に自己の欲する書物を各個に自由に選択することができる。携帯に便にして価格の低きを最主とするがゆえに、外観を顧みざるも内容に至っては厳選最も力を尽くし、従来の岩波出版物の特色をますます発揮せしめようとする。この計画たるや世間の一時の投機的なるものと異なり、永遠の事業として吾人は微力を傾倒し、あらゆる犠牲を忍んで今後永久に継続発展せしめ、もって文庫の使命を遺憾なく果たさしめることを期する。芸術を愛し知識を求むる士の自ら進んでこの挙に参加し、希望と忠言とを寄せられることは吾人の熱望するところである。その性質上経済的には最も困難多きこの事業にあえて当たらんとする吾人の志を諒として、その達成のため世の読書子とのうるわしき共同を期待する。

昭和二年七月

《東洋文学》〔赤〕

楚辞　小南一郎訳注
杜甫詩選　黒川洋一編
李白詩選　松浦友久編訳
唐詩選　全三冊　前野直彬注解
完訳 三国志　全八冊　小川環樹・金田純一郎訳
西遊記　全十冊　中野美代子訳
菜根譚　洪自誠　今井宇三郎訳注
阿Q正伝・狂人日記 他十二篇（吶喊）　魯迅　竹内好訳
魯迅評論集　竹内好編訳
歴史小品　郭沫若　平岡武夫訳
家　全二冊　巴金　飯塚朗訳
新編 中国名詩選　全三冊　川合康三編訳
唐宋伝奇集　全二冊　今村与志雄訳
聊斎志異　全二冊　蒲松齢　立間祥介編訳
李商隠詩選　川合康三選訳
白楽天詩選　全二冊　川合康三訳注
文選　全六冊　川合康三・富永一登・釜谷武志・和田英信・浅見洋二・緑川英樹訳注
曹操・曹丕・曹植詩文選　川合康三編訳
ケサル王物語 —チベットの英雄叙事詩　アレクサンドラ・ダヴィッド＝ネール　アプル・ユンテン　富樫瓔子訳
バガヴァッド・ギーター　上村勝彦訳
ダライ・ラマ六世恋愛詩集　今枝由郎・海老原志穂編訳
朝鮮童謡選　金素雲訳編
朝鮮短篇小説選　全二冊　大村益夫・長璋吉・三枝壽勝編訳
尹東柱詩集 空と風と星と詩　金時鐘編訳
アイヌ神謡集　知里幸惠編訳
アイヌ民譚集 付 えぞおばけ列伝　知里真志保編訳
アイヌ叙事詩 ユーカラ　金田一京助採集並ニ訳

《ギリシア・ラテン文学》〔赤〕

ホメロス イリアス　全二冊　松平千秋訳
ホメロス オデュッセイア　全二冊　松平千秋訳
イソップ寓話集　中務哲郎訳
アイスキュロス アガメムノーン　久保正彰訳
アイスキュロス 縛られたプロメーテウス　呉茂一訳
アンティゴネー　ソポクレース　中務哲郎訳
ソポクレス オイディプス王　藤沢令夫訳
ソポクレス コロノスのオイディプス　高津春繁訳
バッカイ —バッコスに憑かれた女たち　エウリーピデース　逸身喜一郎訳
ヘシオドス 神統記　廣川洋一訳
女の議会　アリストパネース　村川堅太郎訳
アポロドーロス ギリシア神話　高津春繁訳
ダフニスとクロエー　ロンゴス　松平千秋訳
ギリシア・ローマ抒情詩選 —花冠　呉茂一訳
オウィディウス 変身物語　全二冊　中村善也訳
ギリシア・ローマ神話 付 インド・北欧神話　ブルフィンチ　野上弥生子訳
ギリシア・ローマ名言集　柳沼重剛編

《南北ヨーロッパ他文学》〔赤〕

ダンテ 新生　山川丙三郎訳
夢のなかの夢　タブッキ　和田忠彦訳
カヴァレリーア・ルスティカーナ 他十一篇　G・ヴェルガ　河島英昭訳
カルヴィーノ イタリア民話集 全二冊　河島英昭編訳
むずかしい愛　カルヴィーノ　和田忠彦訳
パロマー　カルヴィーノ　和田忠彦訳
カルヴィーノ アメリカ講義 —新たな千年紀のための六つのメモ　米川良夫　和田忠彦訳
まっぷたつの子爵　カルヴィーノ　河島英昭訳
魔法の庭・空を見上げる部族 他十四篇　カルヴィーノ　和田忠彦訳
ペトラルカ ルネサンス書簡集　近藤恒一編訳
ペトラルカ 無知について　近藤恒一訳
美しい夏　パヴェーゼ　河島英昭訳
流刑　パヴェーゼ　河島英昭訳
祭の夜　パヴェーゼ　河島英昭訳
月と篝火　パヴェーゼ　河島英昭訳
ウンベルト・エーコ 小説の森散策　和田忠彦訳

バウドリーノ 全二冊　ウンベルト・エーコ　堤康徳訳
タタール人の砂漠　ブッツァーティ　脇功訳
ラサリーリョ・デ・トルメスの生涯　会田由訳
ドン・キホーテ 前篇 全三冊　セルバンテス　牛島信明訳
ドン・キホーテ 後篇 全三冊　セルバンテス　牛島信明訳
娘たちの空返事 他一篇　モラティン　佐竹謙一訳
プラテーロとわたし　J・R・ヒメーネス　長南実訳
オルメードの騎士　ロペ・デ・ベガ　長南実訳
セビーリャの色事師と石の招客 他一篇　ティルソ・デ・モリーナ　佐竹謙一訳
ティラン・ロ・ブラン 全四冊　J・マルトゥレイ　M・J・ダ・ガルバ　田澤耕訳
ダイヤモンド広場　マルセー・ルドゥレダ　田澤耕訳
完訳 アンデルセン童話集 全七冊　大畑末吉訳
即興詩人 全二冊　アンデルセン　大畑末吉訳
アンデルセン自伝　大畑末吉訳
ここに薔薇ありせば 他五篇　ヤコブセン　矢崎源九郎訳
フィンランド叙事詩 カレワラ 全二冊　リョンロット編　小泉保訳
王の没落　イェンセン　長島要一訳

人形の家　イプセン　原千代海訳
イプセン 野鴨　原千代海訳
令嬢ユリエ　ストリントベルク　茅野蕭々訳
アミエルの日記 全四冊　河野与一訳
クオ・ワディス 全三冊　シェンキェーヴィチ　木村彰一訳
山椒魚戦争　カレル・チャペック　栗栖継訳
ロボット (R・U・R)　チャペック　千野栄一訳
白い病　カレル・チャペック　阿部賢一訳
マクロプロスの処方箋　カレル・チャペック　阿部賢一訳
灰とダイヤモンド 全二冊　アンジェイェフスキ　川上洸訳
牛乳屋テヴィエ　ショレム・アレイヘム　西成彦訳
完訳 千一夜物語 全十三冊　豊島与志雄　渡辺一夫　佐藤正彰　岡部正孝訳
ルバイヤート　オマル・ハイヤーム　小川亮作訳
ゴレスターン　サァディー　沢英三訳
王書 古代ペルシャの神話・伝説　フェルドウスィー　岡田恵美子訳
中世騎士物語　ブルフィンチ　野上弥生子訳
コルタサル短篇集 悪魔の涎・追い求める男 他八篇　木村榮一訳

遊戯の終わり	コルタサル 木村榮一訳
秘密の武器	コルタサル 木村榮一訳
ペドロ・パラモ	ファン・ルルフォ 杉山晃・増田義郎訳
燃える平原	ファン・ルルフォ 杉山晃訳
伝奇集	J.L.ボルヘス 鼓直訳
創造者	J.L.ボルヘス 鼓直訳
続審問	J.L.ボルヘス 中村健二訳
七つの夜	J.L.ボルヘス 野谷文昭訳
詩という仕事について	J.L.ボルヘス 鼓直訳
汚辱の世界史	J.L.ボルヘス 中村健二訳
ブロディーの報告書	J.L.ボルヘス 鼓直訳
アレフ	J.L.ボルヘス 鼓直訳
語るボルヘス ―書物・不死性・時間ほか	J.L.ボルヘス 木村榮一訳
20世紀ラテンアメリカ短篇選	野谷文昭編訳
フエンテス短篇集 アウラ・純な魂 他四篇	木村榮一訳
アルテミオ・クルスの死	フエンテス 木村榮一訳
緑の家 全二冊	バルガス＝リョサ 木村榮一訳

密林の語り部	バルガス＝リョサ 西村英一郎訳
ラ・カテドラルでの対話	バルガス＝リョサ 旦敬介訳
弓と竪琴	オクタビオ・パス 牛島信明訳
ラテンアメリカ民話集	三原幸久編訳
やし酒飲み	エイモス・チュツオーラ 土屋哲訳
薬草まじない	エイモス・チュツオーラ 土屋哲訳
マイケル・K	J.M.クッツェー くぼたのぞみ訳
ミゲル・ストリート	V.S.ナイポール 小沢自然・小野正嗣訳
キリストはエボリで止まった	カルロ・レーヴィ 竹山博英訳
クァジーモド全詩集	河島英昭訳
ウンガレッティ全詩集	河島英昭訳
ゼーノの意識 全二冊	ズヴェーヴォ 堤康徳訳
クオーレ	デ・アミーチス 和田忠彦訳
冗談	ミラン・クンデラ 西永良成訳
小説の技法	ミラン・クンデラ 西永良成訳
世界イディッシュ短篇選	西成彦編訳
シェフチェンコ詩集	藤井悦子編訳

《ロシア文学》〔赤〕

オネーギン	プーシキン	池田健太郎訳
スペードの女王・ベールキン物語	プーシキン	神西清訳
狂人日記 他二篇	ゴーゴリ	横田瑞穂訳
外套・鼻	ゴーゴリ	平井肇訳
日本渡航記 —フレガート「パルラダ」号より	ゴンチャロフ	井上満訳
貧しき人々	ドストイエフスキイ	原久一郎訳
二重人格	ドストエフスキー	小沼文彦訳
罪と罰 全三冊	ドストエフスキー	江川卓訳
白痴 全二冊	ドストエーフスキイ	米川正夫訳
カラマーゾフの兄弟 全四冊	ドストエーフスキイ	米川正夫訳
幼年時代	トルストイ	藤沼貴訳
戦争と平和 全六冊	トルストイ	藤沼貴訳
トルストイ民話集 人はなんで生きるか 他四篇		中村白葉訳
トルストイ民話集 イワンのばか 他八篇		中村白葉訳
イワン・イリッチの死	トルストイ	米川正夫訳
復活 全二冊	トルストイ	藤沼貴訳
人生論	トルストイ	中村融訳
かもめ	チェーホフ	浦雅春訳
ワーニャおじさん	チェーホフ	小野理子訳
桜の園	チェーホフ	小野理子訳
チェーホフ 妻への手紙 全二冊		湯浅芳子訳
ゴーリキー短篇集		上田進・横田瑞穂訳編
どん底	ゴーリキイ	中村白葉訳
ソルジェニーツィン短篇集		木村浩編訳
アファナーシエフ ロシア民話集 全二冊		中村喜和編訳
われら	ザミャーチン	川端香男里訳
プラトーノフ作品集		原卓也訳
悪魔物語・運命の卵	ブルガーコフ	水野忠夫訳
巨匠とマルガリータ 全二冊	ブルガーコフ	水野忠夫訳

《イギリス文学》〔赤〕

- ユートピア — トマス・モア 平井正穂訳
- 完訳 カンタベリー物語 全三冊 — チョーサー 桝井迪夫訳
- ヴェニスの商人 — シェイクスピア 中野好夫訳
- 十二夜 — シェイクスピア 小津次郎訳
- ハムレット — シェイクスピア 野島秀勝訳
- オセロウ — シェイクスピア 菅泰男訳
- リア王 — シェイクスピア 野島秀勝訳
- マクベス — シェイクスピア 木下順二訳
- ソネット集 — シェイクスピア 高松雄一訳
- ロミオとジューリエット — シェイクスピア 平井正穂訳
- リチャード三世 — シェイクスピア 木下順二訳
- 対訳 シェイクスピア詩集 ―イギリス詩人選(1) — 柴田稔彦編
- から騒ぎ — シェイクスピア 喜志哲雄訳
- 冬物語 — シェイクスピア 桒山智成訳
- 言論・出版の自由 他一篇 ―アレオパジティカ — ミルトン 原田純訳
- 失楽園 全二冊 — ミルトン 平井正穂訳

- 奴婢訓 他一篇 — スウィフト 深町弘三訳
- ガリヴァー旅行記 — スウィフト 平井正穂訳
- ジョウゼフ・アンドルーズ 全二冊 — フィールディング 朱牟田夏雄訳
- トリストラム・シャンディ 全三冊 — ロレンス・スターン 朱牟田夏雄訳
- ウェイクフィールドの牧師 ―むだばなし — ゴールドスミス 小野寺健訳
- 幸福の探求 ―アビシニアの王子ラセラスの物語 — サミュエル・ジョンソン 朱牟田夏雄訳
- 対訳 ブレイク詩集 ―イギリス詩人選(4) — 松島正一編
- 対訳 ワーズワス詩集 ―イギリス詩人選(3) — 山内久明編
- 湖の麗人 — スコット 入江直祐訳
- キプリング短篇集 — 橋本槇矩編訳
- 高慢と偏見 全二冊 — ジェーン・オースティン 富田彬訳
- ジェイン・オースティンの手紙 — 新井潤美編訳
- マンスフィールド・パーク 全二冊 — ジェイン・オースティン 新井潤美・宮丸裕二訳
- エリア随筆抄 — チャールズ・ラム 南條竹則編訳
- デイヴィッド・コパフィールド 全五冊 — ディケンズ 石塚裕子訳
- 炉辺のこほろぎ — ディケンズ 本多顕彰訳
- ボズのスケッチ 短篇小説篇 全二冊 — ディケンズ 藤岡啓介訳

- アメリカ紀行 全二冊 — ディケンズ 伊藤弘之・下笠徳次・隈元貞広訳
- イタリアのおもかげ — ディケンズ 伊藤弘之・下笠徳次・隈元貞広訳
- 大いなる遺産 全二冊 — ディケンズ 石塚裕子訳
- 荒涼館 全四冊 — ディケンズ 佐々木徹訳
- ジェイン・エア 全二冊 — シャーロット・ブロンテ 河島弘美訳
- サイラス・マーナー — ジョージ・エリオット 土井治訳
- 嵐が丘 全二冊 — エミリー・ブロンテ 河島弘美訳
- アルプス登攀記 全二冊 — ウィンパー 浦松佐美太郎訳
- アンデス登攀記 全二冊 — ウィンパー 大貫良夫訳
- ジーキル博士とハイド氏 — スティーヴンスン 海保眞夫訳
- 南海千一夜物語 — スティーヴンスン 中村徳三郎訳
- 若い人々のために 他十一篇 — スティーヴンスン 岩田良吉訳
- 怪談 ―不思議なことの物語と研究 — ラフカディオ・ハーン 平井呈一訳
- ドリアン・グレイの肖像 — オスカー・ワイルド 富士川義之訳
- サロメ — ワイルド 福田恆存訳
- 嘘から出た誠 — ワイルド 岸本一郎訳
- 童話集 幸福な王子 他八篇 — オスカー・ワイルド 富士川義之訳

分らぬもんですよ　バァナード・ショウ　市川又彦訳
ヘンリ・ライクロフトの私記　ギッシング　平井正穂訳
南イタリア周遊記　ギッシング　小池滋訳
闇の奥　コンラッド　中野好夫訳
密偵　コンラッド　土岐恒二訳
対訳イェイツ詩集　高松雄一編
月と六ペンス　モーム　行方昭夫訳
人間の絆　全三冊　モーム　行方昭夫訳
サミング・アップ　モーム　行方昭夫訳
モーム短篇選　全二冊　行方昭夫編訳
アシェンデン　―英国情報部員のファイル　モーム　中島賢二・岡田久雄訳
お菓子とビール　モーム　行方昭夫訳
ダブリンの市民　ジョイス　結城英雄訳
荒地　T・S・エリオット　岩崎宗治訳
悪口学校　シェリダン　菅泰男訳
サキ傑作集　河田智雄訳
オーウェル評論集　小野寺健編訳

パリ・ロンドン放浪記　ジョージ・オーウェル　小野寺健訳
動物農場　―おとぎばなし　ジョージ・オーウェル　川端康雄訳
対訳キーツ詩集　―イギリス詩人選(10)　宮崎雄行編
キーツ詩集　中村健二訳
阿片常用者の告白　ド・クインシー　野島秀勝訳
オルノーコ 美しい浮気女　アフラ・ベイン　土井治訳
解放された世界　H・G・ウェルズ　浜野輝訳
大転落　イーヴリン・ウォー　富山太佳夫訳
回想のブライズヘッド　全二冊　イーヴリン・ウォー　小野寺健訳
愛されたもの　イーヴリン・ウォー　中村健二・出淵博訳
対訳ジョン・ダン詩集　―イギリス詩人選(2)　湯浅信之編
フォースター評論集　小野寺健編訳
白衣の女　全三冊　ウィルキー・コリンズ　中島賢二訳
アイルランド短篇選　橋本槙矩編訳
灯台へ　ヴァージニア・ウルフ　御輿哲也訳
狐になった奥様　ガーネット　安藤貞雄訳
フランク・オコナー短篇集　阿部公彦訳

たいした問題じゃないが　―イギリス・コラム傑作選　行方昭夫編訳
英国ルネサンス恋愛ソネット集　岩崎宗治編訳
文学とは何か　―現代批評理論への招待　全二冊　テリー・イーグルトン　大橋洋一訳
D・G・ロセッティ作品集　南條竹則・松村伸一編訳
真夜中の子供たち　全二冊　サルマン・ラシュディ　寺門泰彦訳

《アメリカ文学》〔赤〕

ギリシア・ローマ神話 付インド・北欧神話 ブルフィンチ 野上弥生子訳

中世騎士物語 ブルフィンチ 野上弥生子訳

フランクリン自伝 松本慎一 西川正身訳

フランクリンの手紙 蕗沢忠枝編訳

スケッチ・ブック 全二冊 アーヴィング 齊藤昇訳

アルハンブラ物語 全二冊 アーヴィング 平沼孝之訳

ウォルター・スコット邸訪問記 アーヴィング 齊藤昇訳

完訳 緋文字 ホーソーン 八木敏雄訳

哀詩 エヴァンジェリン ロングフェロー 斎藤悦子訳

黒猫・モルグ街の殺人事件 他五篇 ポオ 中野好夫訳

対訳 ポー詩集 —アメリカ詩人選(1) 加島祥造編

ユリイカ ポオ 八木敏雄訳

ポオ評論集 八木敏雄編訳

森の生活 (ウォールデン) 全二冊 ソロー 飯田実訳

白鯨 全三冊 メルヴィル 八木敏雄訳

ビリー・バッド メルヴィル 坂下昇訳

ホイットマン自選日記 全二冊 杉木喬訳

対訳 ホイットマン詩集 —アメリカ詩人選(2) 木島始編

対訳 ディキンソン詩集 —アメリカ詩人選(3) 亀井俊介編

不思議な少年 マーク・トウェイン 中野好夫訳

王子と乞食 マーク・トウェーン 村岡花子訳

人間とは何か マーク・トウェイン 中野好夫訳

ハックルベリー・フィンの冒険 全二冊 マーク・トウェイン 西田実訳

いのちの半ばに ビアス 西川正身訳

新編 悪魔の辞典 ビアス 西川正身編訳

ねじの回転 デイジー・ミラー ヘンリー・ジェイムズ 行方昭夫訳

荒野の呼び声 ジャック・ロンドン 海保眞夫訳

ノリス 死の谷《マクティーグ》 全二冊 石田英二 井上宗次訳

シスター・キャリー 全二冊 ドライサー 村山淳彦訳

響きと怒り 全二冊 フォークナー 平石貴樹 新納卓也訳

アブサロム、アブサロム! 全二冊 フォークナー 藤平育子訳

八月の光 全二冊 フォークナー 諏訪部浩一訳

武器よさらば 全二冊 ヘミングウェイ 谷口陸男訳

オー・ヘンリー傑作選 大津栄一郎訳

黒人のたましい W・E・B・デュボイス 木島始 鮫島重俊 黄寅秀訳

フィッツジェラルド短篇集 佐伯泰樹編訳

アメリカ名詩選 亀井俊介 川本皓嗣編

青白い炎 ナボコフ 富士川義之訳

風と共に去りぬ 全六冊 マーガレット・ミッチェル 荒このみ訳

対訳 フロスト詩集 —アメリカ詩人選(4) 川本皓嗣編

とんがりモミの木の郷 他五篇 セアラ・オーン・ジュエット 河島弘美訳

《ドイツ文学》〔赤〕

ニーベルンゲンの歌 全二冊 相良守峯訳
若きウェルテルの悩み ゲーテ 竹山道雄訳
ヴィルヘルム・マイスターの修業時代 全三冊 ゲーテ 山崎章甫訳
イタリア紀行 全三冊 ゲーテ 相良守峯訳
ファウスト 全二冊 ゲーテ 相良守峯訳
ゲーテとの対話 全三冊 エッカーマン 山下肇訳
スペインの太子 ドン・カルロス シルレル 佐藤通次訳
ヒュペーリオン ―希臘の世捨人 ヘルデルリーン 渡辺格司訳
青い花 ノヴァーリス 青山隆夫訳
夜の讃歌・サイスの弟子たち 他一篇 ノヴァーリス 今泉文子訳
完訳 グリム童話集 全五冊 金田鬼一訳
黄金の壺 ホフマン 神品芳夫訳
ホフマン短篇集 池内紀編訳
影をなくした男 シャミッソー 池内紀訳
流刑の神々・精霊物語 ハイネ 小沢俊夫訳
ブリギッタ・森の泉 他一篇 シュティフター 宇多五郎・高安国世訳

みずうみ 他四篇 シュトルム 関泰祐訳
村のロメオとユリア ケラー 草間平作訳
沈鐘 ハウプトマン 阿部六郎訳
地霊・パンドラの箱 ルル二部作 F・ヴェデキント 岩淵達治訳
春のめざめ F・ヴェデキント 酒寄進一訳
花・死人に口なし 他七篇 シュニッツラー 番匠谷英一・山本有三訳
ゲオルゲ詩集 手塚富雄訳
リルケ詩集 高安国世訳
ドゥイノの悲歌 リルケ 手塚富雄訳
ブッデンブローク家の人びと 全三冊 トーマス・マン 望月市恵訳
トオマス・マン短篇集 実吉捷郎訳
魔の山 全二冊 トーマス・マン 関泰祐・望月市恵訳
トニオ・クレエゲル トオマス・マン 実吉捷郎訳
ヴェニスに死す トオマス・マン 実吉捷郎訳
講演集 ドイツとドイツ人 他五篇 トーマス・マン 青木順三訳
講演集 リヒァルト・ヴァーグナーの苦悩と偉大 他一篇 トーマス・マン 青木順三訳
車輪の下 ヘルマン・ヘッセ 実吉捷郎訳

デミアン ヘルマン・ヘッセ 実吉捷郎訳
シッダルタ ヘッセ 手塚富雄訳
ルーマニア日記 カロッサ 高橋健二訳
幼年時代 カロッサ 斎藤栄治訳
ジョゼフ・フーシェ ―ある政治的人間の肖像 シュテファン・ツワイク 高橋禎二・秋山英夫訳
変身・断食芸人 カフカ 山下肇・山下萬里訳
審判 カフカ 辻瑆訳
カフカ短篇集 池内紀編訳
カフカ寓話集 池内紀編訳
ドイツ炉辺ばなし集 ―カレンダーゲシヒテン ヘーベル 木下康光編訳
ウィーン世紀末文学選 池内紀編訳
チャンドス卿の手紙 他十篇 ホフマンスタール 檜山哲彦訳
ホフマンスタール詩集 川村二郎訳
ドイツ名詩選 生野幸吉・檜山哲彦編
聖なる酔っぱらいの伝説 他四篇 ヨーゼフ・ロート 池内紀訳
暴力批判論 他十篇 ―ベンヤミンの仕事1 ベンヤミン 野村修編訳
ボードレール 他五篇 ―ベンヤミンの仕事2 ベンヤミン 野村修編訳

岩波文庫の最新刊

フロイト著／高田珠樹・新宮一成・須藤訓任・道籏泰三訳

精神分析入門講義（下）

精神分析の概要を語る代表的著作。下巻には第三部「神経症総論」を収録。分析療法の根底にある実践的思考を通じて、人間精神の新しい姿を伝える。（全二冊）

〔青六四二-三〕 定価一四三〇円

イリイチ著／玉野井芳郎・栗原 彬訳

シャドウ・ワーク

家事などの人間にとって本来的な諸活動を無払いの労働〈シャドウ・ワーク〉へと変質させた、産業社会の矛盾を鋭く分析する。現代文明への挑戦と警告。

〔白二三二-一〕 定価一二一〇円

ロゲルギスト著／松浦 壮編

精選 物理の散歩道

談論風発。議論好きな七人の物理仲間が発表した科学エッセイから名作を精選。旺盛な探究心、面白がりな好奇心あふれる一六篇を収録する。

〔青九五六-一〕 定価一二一〇円

川村晃生・柏木由夫・伊倉史人校注

金葉和歌集

天治元年（一一二四）、白河院の院宣による五番目の勅撰和歌集。撰者は源俊頼。歌集の奏上は再度却下され、三度に及んで嘉納された。平安後期の変革時の歌集。改版。

〔黄三〇-一〕 定価一四三〇円

今月の重版再開

南波 浩校注

紫式部集
―付 大弐三位集・藤原惟規集―

〔黄一五-八〕 定価八五八円

ベーコン著／桂寿一訳

ノヴム・オルガヌム（新機関）

〔青六一七-二〕 定価一〇七八円

定価は消費税10％込です　　2023. 11

岩波文庫の最新刊

マックス・ウェーバー著／野口雅弘訳

支配について

I 官僚制・家産制・封建制

支配の諸構造を経済との関連で論じたテクスト群。『支配の社会学』として知られてきた部分を全集版より訳出。詳細な訳註や用語解説を付す。(全二冊)

〔白二一〇-一〕 **定価一五七三円**

網野善彦著

中世荘園の様相

動乱の時代、狭い谷あいに数百年続いた小さな荘園、若狭国太良荘。「名もしれぬ人々」が積み重ねた壮大な歴史を克明に描く、著者の研究の原点。(解説＝清水克行)

〔青N四〇二-一〕 **定価一三五三円**

J・L・ボルヘス作／内田兆史・鼓直訳

シェイクスピアの記憶

分身、夢、不死、記憶、神の遍在といったテーマが作品間で響き合う、巨匠ボルヘス最後の短篇集。精緻で広大、深遠で清澄な、磨きぬかれた四つの珠玉。

〔赤七九二-一〇〕 **定価六九三円**

ヘルダー著／嶋田洋一郎訳

人類歴史哲学考(二)

第二部の第六～九巻を収録。諸大陸の様々な気候帯と民族文化の関連を俯瞰し、人間に内在する有機的力を軸に、知性や幸福について論じる。(全五冊)

〔青N六〇八-二〕 **定価一二七六円**

……今月の重版再開……

有島武郎作

カインの末裔 クララの出家

定価五七二円

〔緑三六-四〕

プルタルコス著／柳沼重剛訳

似て非なる友について 他三篇

定価一〇七八円

〔青六六四-四〕